30歳からの社会人デビュー

アスペルガーの私、
青春のトンネルを抜けて
つかんだ未来

藤家寛子
Fujiie Hiroko

花風社

30歳からの社会人デビュー　もくじ

〈第一章〉
アスペルガーと診断されて八年でわかったこと
――幸せとは、自らつかむもの……7

〈第二章〉
人生初めてのシューカツ……43

〈第三章〉
青春の闇は暗くても……73

〈第四章〉
自立は一日にしてならず……99

［主治医インタビュー］　肥前精神医療センター 瀬口康昌 医師　●聞き手 浅見淳子

『人間化が進んでいる、とご本人はうれしそうです（笑）』……226

〈第一章〉

アスペルガーと診断されて八年でわかったこと
——幸せとは、自らつかむもの

企業で働き始めた年、夏を迎えて

ごっとんごっとんと揺れるバス。

サンシェイドからもれてくる夏の夕日。

はす向かいの席をのぞき込むと、小さな男の子がぐっすりと眠っている。

汗をかいた首筋にあたる、クーラーの涼しい風。

終点まで鳴ることのない、降車のベル。

そんなゆっくりとした時の中、私は仕事から帰路につく。

仕事を始めてから四ヶ月。

今のところ皆勤だ。


最初のうちはワクワクしていたバス通勤は、日常の中の当たり前の出来事になってきた。

昔は頻繁に飲んできた酔い止めも、今はまったく必要ない。

毎日、同じ時間のバスに乗り、毎日、同じ道を通る。

何の変哲もない、平凡な日々が、今ここに存在している。

不思議なくらいツイている日もある。

まったく喜びのない日もある。

でも、人生はきっとこんな風に、いいことと悪いことを繰り返しながら、前に進んでいくのだと思う。


最近、考える。

幸せとは何か。

数ヶ月前、通っていた作業所をやめるとき、ある人がこう言った。

「仕事も見つけて、彼氏もいて（以下略）」


幸せの定義は、人によって違うかもしれない。

仕事と恋人の抱き合わせを、魅力的に感じる人もいるのだろう。

だけど、私のは少し違う。

もっと、欲張りな幸せがほしいのだ。


私は、ベスト・オブ・感謝さんになりたい。

どんな些細なことにも感謝できる心を持っていれば、自分は恵まれていると気付くことができる。

たとえ、相手がいなくても、年老いても、感謝の心を磨いておけば、いつだって幸せになれる。

それが私が思い描く幸せの形だ。

誰だって感謝さんを目指すことができる。

私は自分の障害が分かった年から候補生になった。

今は、感謝さん八年生である。

また、向上心をもち続けられることも幸せな証拠であると思う。

私は幸いにも大人で、誰からの制約も受けない。

自分が望むかぎり、挑戦し続けられる。

こんなに幸せなことはないと思う。

挑戦しない不幸

私がそう思うにいたったのは、昨今の発達障害児をとりまく「不可能への挑戦」の形がいびつになってきたからかもしれない。

子どもの自発的な伸びを摘んでしまう親が、確かに存在している。挑戦をしないことをあおる輩もいる。

それは、とても不幸なことだと思う。

「できないことが当たり前」を受け入れてくれるほど、世の中は甘くない。

だから、そういう一部の人々は、結局のところ、自滅していくしかないのだろう。

可哀想なのは、チャンスを奪われる子どもたちだ。親の身勝手な思いによって、生きる術を習得できない子は、案外多くいるらしい。

私はまだ、親の立場には立ったことがないので、それらの人々の気持ちは分からない。

彼らは何の得があって、子どもたちの将来の可能性を縮めてしまうのだろう。

私が親なら、発達の凸凹をよく見極めて最大限に可能性の幅を広げてあげるだろう。

今の世なら、それが可能だ。


私はかつて、理解のない中で解離するほど頑張った。

だから、無理がもたらす危険性についてはよく分かっているつもりだ。

できないことを強いられる辛さも、よく理解できる。

それでも、やっぱり私は挑戦することの方がずっと幸せな生き方だと思う。

きっと時代は、私の意見の方に味方してくれるはずだ。

そうなったとき、取り残されるのは、チャンスを奪われた子どもたちの方だということを、一部の親たちは覚悟しておかなければいけないと思う。


大事なのは、どういう人生を与えられたかではなく、どういう生き方をするかだ。

そういう姿勢を子どもたちに伝えるのは、大人の役目である。

だから、私は今再びペンを執ることにした。

一人でも多くの子どもたちが、幸せな人生を歩めるように。誰かを幸せに導けるように。

頑張ることが嫌いだった子ども時代

私は頑張るという言葉が大嫌いな子どもだった。

正確には、大嫌いになってしまった子どもだった。

大人からの無理強いの連続で、私は自分の中に他の人格まで作り上げてしまった。

文字通り、努力を人まかせにした日々。

ふり返っても、穴ぼこだらけの人生は、自分で見ても痛々しい。


通称、松尾塾。私は小学校の六年間をそこで過ごした。

松尾先生は地元でも有名な教育者だ。女学校をトップクラスで卒業し、長い間教鞭についていた。

教え子からは母のように慕われ（本人談）、来客はひっきりなしだった。


オーバルスコープの特徴的な額。こぼれんばかりの大きな瞳。年寄りとは思えないつややかな肌。

瀬戸内寂聴の『源氏物語』をいつも読んでいた先生の鼻にかかった高い声が今でも聞こえるような気がして、幼少期をかえりみるのは少し怖い。

私が小学生の頃、テレビでは平成教育委員会が始まった。逸見政孝が出ていた、古いやつの方だ。

それを毎週見られないだけで、次の日の学校では話に加わることができなかった。

なんとも切ない思い出である。

みんなが楽しくテレビを見ている時間、私は松尾先生と妹の三人でお勉強をしていた。

私語は一切禁止。二時間正座。私は利き手ではない右手以外、使うことは許されていなかった。

なぜか鉛筆削りは使用禁止で、必要があるときは小刀で削らなければならず、当然それも右手で行わなければいけなかった。


礼に始まり礼に終わる。まるで武道教室のような松尾塾は、週に二日。長期休暇のときは、その二倍。

親より長い時間を、私は松尾先生と一緒に過ごしてきた。


松尾塾にはめずらしい科目の授業があった。道徳だ。

「ちょっと鉛筆ば置きんしゃい」これは、道徳の授業が始まる合図だ。

その一言が出ると、たいていは千代の富士とか美空ひばりの人生がとくとくと説かれるのだった。

負けてはいけない。くじけたら終わり。演歌のサビのような人生論。

バブルの波の中、私はだんだん頑張ることが嫌になっていった。

それでも私は、無意識に頑張ってしまっていたと思う。

松尾先生の叱咤激励は、ちょっとしたマインドコントロールだった。

もともと負けず嫌いの私は、周囲の人が見ていて恥ずかしくなるほど、がむしゃらに努力していた。

そして、たいていは空回りすることなく、学期末に出る成績に反映されていた。

いつしか、五の評価が自分の首を絞めるようになっていた。


ただ、松尾塾に通ったおかげで、私の反骨精神はたくましく育った。

気合いとか根性とか、そういう方面の成長は著しく、のちの闘病生活を乗り越えられるだけの精神力を培ったあの日々は、決して無駄ではなかったと思えるのだった。


小学校を卒業して、私は松尾塾から開放された。

しかし、時すでに遅し。

常に全力投球が癖になっていた私は、時たまバッテリー切れを起こすようになっていた。

加えて、解離が色濃く出始め、本来の自分はあまり存在しない時間を過ごすことになった。

細切れに残っている中学校時代の記憶は、復元前の死者の書みたいに傷みがひどい。

しかも、いじめられたことを中心に構成された思い出なので、取り出すこともあまりしない。

ああだこうだと言っても、その事実は変わらない。

厳しすぎた父のもと、登校拒否を敢行したこともあった。

たった十日であえなく学校に戻されたことを思い出すと、私の負の自己主張がいかに虐げられていたかが分かる。

「頑張らせるんだから愚痴ぐらい言わせろよ〜」さえ満たされていなかったのだ。


なんだか自分が抑圧されていることには薄っすら気付いていた。

でも、それに腹を立てて非行に走ったり引きこもりになるのは賢い選択ではないように感じていた。

いつか後悔しそうなことは絶対にしたくなかった。

それは私のポリシーだった。


鬱屈した中学校時代を経て、私は高校生になった。

高校の記憶は、わりと戻ってきたほうだ。

金魚をすくう紙のように薄くはあれど、ちゃんと絵が描かれている。

それを頻繁にながめるかどうかは別として、記憶と呼べるくらいに回復したのだった。

頑張ることができるようになった理由

頑張ることのできなかった子ども時代とがらりと変わり、今の私にとって頑張るというのは、生きることそのものだ。
頑張るということを厳密にいうなら、「現状に甘んじないで生きていくこと」を表している、と考えている。

昔は、その強気すぎる考え方のせいで解離してしまった。
自分に不利な条件の中で、負けずに生き抜いていく必要があったからだ。
解離は、無茶な頑張りだった。

頑張ることとは、挑戦し続けるということでもある。
理想を高く持ち、それに到達するまで励めば、人生は豊かになる。
でも、身の丈にあった努力をしないと、達成は難しい。
自分というものをよく知ってこそ、頑張ることができるのだと思う。

自分を知る。

これはとても大切なことだ。

自分を形作っているのは、思考、性格や能力。

それから身体という器だ。


私の思考や能力には凸凹がある。

それは、身体の機能についても言えることだ。

それらを正しく把握するためには、障害の告知が欠かせなかった。

ところが、世間には定型発達側の配慮から、告知を受けられない子どもたちが数多くいるという。


それでは、障害ゆえの特性をどうやって説明しているのだろうか?

私は疑問に思った。

されど、自分は医者でも専門家でもない。

もしかしたら、告知しなくても、色々と方法はあるのかもしれない。


でも、私なら教えてほしい。

隠されると、妙な勘繰りを入れてしまいそうだ。

きっと、発達障害を抱えている人は、自分と周囲の差異に気付く。

でも、自分から話を切り出すのはとても難しい。

もし、信頼している人が伝えてくれたら、たとえ事実を受け入れるのに時間がかかったとしても、告知を受けた人は少なからず安堵するのではないだろうか。


白黒思考が強かった私は、「アスペルガーっぽい」という表現が嫌いだった。

っぽいって、つまりそれなのか？

それとも違うのか？

どちらかはっきりしてほしかった。


だから、ちゃんと診断が下りたときはスッキリした。

抱えていた様々な問題に、腑に落ちる説明がつくようになったし、自分という人間を改めて見直すことができた。

そして、次のステップに早々と移ることができた。

生きるためのトレーニングにだ。


八年前。発達障害だと分かった頃。私には、アスペルガー症候群についての知識がほとんどなかった。

いいイメージもなければ悪いイメージもない。

ただ、自閉症の親戚に当たるらしいということだけが分かっていた。

初めて読んだ専門書は、純粋に障害のことだけが書かれている本だった。

ひたすら三つ組みの障害と二次障害の説明がしてあり、そこには感動も共感もいらなかった。

私に必要なのは、どんな障害なのかをまず知ること。

だから、自伝は読まないようにしていた。

人の目を解して伝わってくる特性を先に知ってしまうと、自分に置き換えて考えにくくなりそうだったからだ。


凸凹の能力。バイアスのかかった思考。

本にはあまり載っていなかったが、身体、特に五感の問題。

今後、意識的に改善する必要があるみっつのポイントが次第に浮き上がってきた。

私は誰に促されるわけでもなく、自分のマニュアルを作り始めた。


当時はまだ大学生だった。

すぐさま社会に出るわけでもなかったので、世間の人と関わるイメージはとても薄かったが、いつかは親元を離れ、自立しなければいけないことは分かっていた。

そのためには何が必要か、私は常に考えるようになった。

まずは、世の中の人に、障害についての正しい見識を持ってほしいと願った。

歩み寄る必要性に気づいていく

障害者にとって、努力をすることは敗北を意味するのだろうか？

こちらから定型発達の方に歩み寄ることは、屈するということなのだろうか？

どうしてそう思えてしまうのか、私には不思議だ。

でも、確かにそういう考えを持つ人はいるらしい。


私は自分の持つ特性が把握できるようになればなるほど、いつか世の中に出たいと思うならば、定型発達の人が大多数をしめる世界に順応する必要があると思った。

近づいて行かなければいけないと思ったし、そのためのトレーニングを積まなければいけないことを痛切に感じていた。

自分から関わっていかないかぎり、社会は必要としてくれない気がした。


そんな矢先、長崎で男児誘拐殺人事件が起きた。

私はそのせいでしばらく落ち込んだ。

自分と同じ障害名を持つ少年が起こした事件。テレビでは連日の報道。

まるで、自分が事件を起こし責められているような気分がした。

そういうことは以前にもあった。佐賀の少年がバスジャック事件を起こしたときだ。私と少年には共通点があった。同じ病院に通っていたのだ。

私は自分の身に起きていることと、他人の身に起きていることをうまく区別できなかった。

長崎の少年のことがあって以来、私はただの障害者でいられなくなった。

いっときの間、「あの殺人犯の少年と同じ」障害を抱えた人でいなければいけなかった。

とても具合の悪い時間だった。

あまり知られていなかった発達障害。悪いイメージが先行してしまった感じがした。

世間の人に負のイメージを焼き付けてしまった事件は、私がひとつの答えを導き出した頃には、もうトップニュースで扱われなくなっていた。

テレビに映る人々は、自分には無関係だという顔をしていた。

でも、再びアスペルガーの名前を耳にしたときは、あの事件を真っ先に思い出すに違いなかった。

私はほどなくして、本を書き始めた。

まるでとりつかれたように机に向かっていた。

発達障害について正しく知ってもらいたい一心で、ペンを進めていた。

書く行為は、セラピーになった。


飾りも謙遜もない、ありのままの私を描きたかった。

辛かった過去。そこから学び取ったこと。

なぜ歩み寄りが必要だと思ったのかを書いて、自分と同じ発達障害の人を元気付けたかった。

私たちにも社会生活を送る権利がある。

しかし、日々の努力なくして権利を訴えることはフェアじゃないと思った。


できないことが多い自分を受け入れることは、あきらめることとは違う。

発達障害の症状と折り合いをつけ、修整できるところは治し、可能性の幅を広げていくことが大事である。

そのための大前提として、私たちの抱える特性を知ってほしい。

それが、私が本を通して伝えたいことだった。


定型発達の人が大多数を占めるこの世の中で、発達障害を抱えていないことは、私たちよりも生きやすいことを保障してくれる。

彼らはいちいち細かい説明を必要とせず、生きていくルールをすんなり受け入れられるだろう。

私たちよりもずっと有利だ。でも、きっとそれだけのことだろう。

定型発達の人も、生きていく上では、私たちがそうすべきように、努力が大切なのだと思う。

現状に満足し、しばし平凡な日常を味わうことも大事なことだ。

しかし、人間はそれに甘んじてしまったら、成長しなくなる生き物である。

それは、定型発達の人も発達障害の人も同じ。

だから、精進が必要なのだ。

回復は動くことから始まる

私は本を出したことで、自分が思っていたよりも早く外の世界と関わることになった。

若葉マークを手にしたばかりの私は、その後しばらく蛇行運転を続けていた。

東京で。横浜で。故郷の佐賀で。いたるところで。

支援団体にもお世話になった。

そこで教わったやり方で、私はだいぶ、自分という名の車を乗りこなせるようになった。

しかし、操作がうまくなってきたのは、実はここ数年のことだ。

診断が下って四年間は、苦労に事欠かなかった。

人との関わりに辟易したこともある。

だけど、生きることを途中で投げ出すわけにはいかない。

だから私は、努力することだけは続けてきた。


自身の成長に伴い、なんだか支援は束縛に感じるようになってきた。

いつも見張られているような気がし、ちっとも自由を感じられなかった。

おまけに、いつまでたってもカウンセリングのみの支援。いつになったら働かせてくれるんだろう。

まるで、成長を認められていないように感じるようになった。


合わなくなった支援を打ち切ってから、私は精神的にどんどん健康になっていった。

学んだことも多かったが、束縛も強かった支援。

息を吹き返した私は、それから一ヶ月も経たないうちに職安へ通い、障害者職業センターという場所を探し当てた。

そのときの私に必要だったのは、自閉症に対する支援というよりも、もっと、障害者全般に対する支援だった。

そのためには、自閉症だけを扱う支援から離れ、就労を含め、障害者に対してのサービスを提供してくれる場所に身をおく必要があった。

そんなときに見つけた職業センター。訪問するのにためらいはなかった。


私は思い切って、自分の足で職業センターを訪れることにした。

私にはこういう妙な積極性があって、それはいつも身を助けてくれた。

積極性は、当時の私が持っている数少ないスキルの一つだった。


センターではまず、カウンセリングを受けた。

私は就職したいが今ひとつ体力に自信がないことを告げた。障害のことも話した。

カウンセラーの先生は発達障害についてある程度知識のある方だった。

話が終わると、ひとまず私はワークトレーニング社という別棟に案内された。


そこは職業センターの中にある施設だった。

係長が二人いて、会社の中のひとつの部署のような仕組みになっていた。

そして四人程度の人が、大小あるナットの分別作業やボールペンの組立作業をやっていた。

体力をつけたい私に、先生はこの場がうってつけだと思ったのだろう。

初日なのでとりあえず二時間。私はボールペンの分解作業をすることになった。

作業は立ちっぱなしで行う。こういうことをするのは初めてだった。

でも、作業自体は楽しかったので、あっという間に時間は過ぎていった。

これならできそうだと、先生も私も感じていた。

その日の晩、疲れから強烈なメニエール病が出るまでは。


久しぶりの強いめまいと吐き気に襲われ、私のやる気は尻すぼみになっていた。

翌日、私は母に電話をしてもらい、立ちっぱなしの作業は無理があることを伝えてもらった。

発達障害についてある程度知識のあった先生は、実際のところ接するのは初めてだったらしく、私のあまりの虚弱っぷりに驚いていらっしゃった。

トレーニングが向かないなら、何をやればいいのだろう。

センターの仕組みがまだよく分かっていなかった私の足は、倒れたことをきっかけに、しばらく遠のくこととなった。


再びセンターに連絡を取ったのは二ヵ月後のことだった。

私の疲れやすさや、そもそも疲れに対する自覚のなさを考慮して、今度はリワークトレーニングに参加することになった。

リワークは休職中の人が社会生活から離れてしまわないように活動する場だ。

パソコン練習や脳トレ、軽い運動などがプログラムに取り込まれていた。

立ちっぱなしのボールペン作業より、うんとハードルを低くして訓練を再開することになった。

新体制のもと、私は肉体的にも精神的にも回復を目指した。

つかの間の社会進出と支援団体で受けた療育のおかげで、風変わりだった自閉的な世界はだいぶ定型側に近づいていた。

あとは努力あるのみ。

私は『続 自閉っ子、こういう風にできてます!』の原稿や童話を書きながら、地道にトレーニングを続けた。

頑張ることと無理することの違い

リワークに通うようになってからひとつ分かるようになったことがある。

それは頑張ることと無理することの違いだ。

自分の持てる力の範疇で何かに打ち込むのは無理とはいわない。

でも、それを越えてしまったら、努力は無理に形を変えるのだ。

そもそも、私は自分の力の範疇が分かっていなかった。

だから、いつも限度なく力をふりしぼっていた。

リワークには、日常の無理がたたって休職に追い込まれた人がたくさん通っていた。

彼らの話を聞いたり、実際に彼らと関わることで、無理をするとはどういうことかが客観的に分かったのだ。


それまでの私は、限界知らずだった。

とっくに無理の領域に突入しているのに、気付かずにやり続けていた。

だから、心身ともに不具合を起こしていた。


リワークには同じように不具合を起こしている人たちが集まっていて、「休職」という形でやっと無理に気付くことができていた。

私も会社に入っていたら、きっと同じように「休職」に追い込まれていただろう。

私はどこかに雇われているという状態ではなかったので、無理した結果というのが明確に分かりづらかった。

休職している人たちを見て、自分は無理をしていたんだということに気付いた。

頑張ることと無理することは一連の流れでつながっているんだなということが分かった。

正しく頑張るには、正しく自分を知らなくてはいけない。

こうして、無理とはどういうことなのかを知り、それ以来、自分の持てる力を正しく意識するようになった。

それが、頑張れることにつながっていった。

回復しても動き続ける

リワークでは朝の健康チェックが終わると、軽めの体操とウォーキングをするのが決まりだった。

道路脇の木々や花々に季節の移り変わりを感じながら、私は汗を流した。

以前はオートマでかけなかった汗。

健康になり、定期的な運動をするようになってから、思いのほか自分は汗っかきだったことに気付いた。

しばらくの間は午前中だけの活動だったが、体力がつくにつれて午後もプログラムを受けることになった。

日数も増やしていった。

私がリワークに参加した当初は三人だったメンバーも、八人になっていた。

女性の友達もできた。

カウンセラーの先生はなんでも率直に話す人で、そのストレートさが私には分かりやすかった。


そんなこんなで半年以上が過ぎた。

そろそろボールペン作業に復帰してもいいのではないかという話になった。

それまで、午後はパソコン入力の練習をしていた。

そこを、二時間のボールペン作業に入れかえることになった。


まずは様子を見ながら一時間。十分の休憩。それからまた一時間。

私は先生が決めてくれたスケジュールでボールペンの組立作業をした。


終わると心地よい疲労感があった。やり遂げたという達成感もあった。

それからしばらく私の目標は、いかに組立や分解の作業率をあげるかになった。

頑張るのが気持ちよかった。


カウンセリング一辺倒の日々からの脱却。

私は水をえた魚のようにイキイキとなっていった。

適度な刺激とストレスが私に輝きを与えているようだった。
作業率をあげる目標は、毎回更新されていった。
そんな日々の中、『続 自閉っ子、こういう風にできてます！』が完成した。

私は長崎で岩永先生と一緒に講演会を開くことになった。
その講演会には、私に内緒でセンターの先生がいらっしゃっていた。
平成二十年、十一月二十九日のことだった。

余暇活動の充実で、私の情緒は安定し、体力も蓄えられた。
生活をしていく上で不安に感じることはぐんと減っていた。
浅見さんがおっしゃったとおり、すべては経験で補うことができた。
いよいよ目標は、仕事に耐えうるだけの体力をつけることに姿を変えた。

年が明けて初めてのカウンセリングで、私と先生は今後について話し合った。
確かに体力はついた。
だが、仕事に耐えうるだけの体力がついたかといわれると、そうでもなかった。
出ていた求人は障害者といえど八時間労働ばかりで、私にはまだハードルが高すぎた。
毎日通えるかどうかも疑わしかった。

まずは週五日通えるようにトレーニングをする必要があった。

それはまた新しい場所での訓練になるらしかった。

私がセンターを卒業する日は、刻一刻と迫っていた。


急ぐ一月、逃げる二月。

月日はあっという間に過ぎて行き、三月がやってきた。

私は地域支援活動をしているＮＰＯの人と面接をすることになった。

センターの先生は、私の次の行き先として、福祉作業所を考えていらっしゃるようだった。

候補はふたつ上がった。

ひとつは就労移行支援Ａ型の施設。

そこは、二年間の間に簿記の資格を取り、確実に就労に結びつける。

もうひとつは就労継続支援Ｂ型の作業所。

移行支援を行うＡ型施設と違い、内職の仕事がメインで、必ずしも就職に結びつくわけではなかった。


私はあまり迷わなかった。

大事にしたかったのは、等身大の努力。

週五日通えるようになるにも、ゼロに近かった体力のレベルを積み上げていったときのように、時間がかかるだろうと予測していた。

そういうわけで、私はB型作業所のほうを選択することにした。

センターの先生もＮＰＯの人も、私の意見に賛成だった。


リワークの卒業式には、みんなでクッキーを作った。

約一年通った職業センター。ここで教わったものはたくさんあった。

仲間もできた。私を回復させてくれたのは、ここでの楽しい日々だ。

私は着実に成長していた。

作業所で学んだ日々

難病や障害を持った人の自立を目的とした訓練の場であり作業を通して社会参加や一般就労を目指す。

それがB型作業所である。

私は四月から、作業所の一員として迎えられることになった。

すでに十人程度の人がそこで活動をしていた。

私はさっそく、週五日通うことから始めた。

仕事を覚えるのは楽しく、お給料も発生するのでやりがいがあった。

また、実働でお金を稼ぐのは初めてだった。

どうやら仕事とは相性がいいらしく、私はすぐに作業所に慣れ親しんだ。

そこで過ごす五時間はとても楽しかった。


私は仕事が好きだ。

それは指導員の人にも伝わったようで、どんどん仕事を任せられるようになった。

私は率先して部品を取りに行くようになり、難しい作業にも挑戦した。

そのうち、ベテランさんがやっている仕事を教えてもらえるまでになった。

そうなれたのは、自分の努力の結果だった。


仕事をこなすスキルは充分にあるようだ。

あとは体力をより確かなものにするのみ。

体力の維持には精神の安定が欠かせないが、私の自律神経はいまだかつてないほどの落ち着きをみせていた。

十年以上お世話になっているお医者様が驚くほどだった。

恋愛

作業所での活動が軌道に乗りだした頃、私の身辺に変化が起きた。
出会いが訪れたのだ。
といっても、出会いのきっかけを作ったのは彼の方だった。
私は彼が好意を寄せてくれていることにまったく気付いていなかった。
昔と変わらず、そういうことには極めて鈍いままだった。

出会いからしばらくして、私と彼は二人でお茶に出かけるくらいの間柄になった。
お互いのことを話したり、冗談を言い合ったり。
彼と会う時間は仕事の時間以上に楽しいと思うようになっていった。
本当のことを言うと、当時の私は消化しきれない想いを抱えていた。
それは長い間存在している気持ちだった。
でも、彼と出会ってからは、その霞が徐々にひらけていくのを感じていた。

私は二人の共通の知人に相談をした。

そうして私は、彼がずいぶん長い間私を想っていてくれたことを知った。

彼はシャイで、女の子に声をかけることが苦手な人だ。それは二人で喋っていたらすぐに気付くことができた。

私は彼に好感を持っていた。


私たちは頻繁にメールをした。毎日何時間も。

スピッツの着信音がなるたびに女子高生のようにワクワクした。

恋をしていることは、すぐに母に見破られた。

私たちはそのあと、交際することになった。

秋がすぐそこまで来ていた。


恋愛を始めたとたん、仕事がおろそかになる人がいる。私はむしろ、逆だった。

彼と一緒にいることで精神はより安定し、これまで以上に仕事に身が入った。

家族はそのことをとても喜んでくれた。

特に母の喜びはひとしおだった。


私の障害がまだ判明する前、原因不明の病と闘い、ひどい解離状態だった頃、私は母にこう言っていた。

「私はきっと一生一人きり。将来は施設に入って生きていくつもりです」

母の心にその言葉は刺さった。

まるで自分が私の人生を台無しにしてしまったかのように、母は己を責めていた。

暗い影を落とす私の将来が、母には不安だっただろう。

それが一転して、寄り添える相手が見つかった。

母はどんなにか安心したに違いない。

涙ながらに話す母を見て、私も胸が熱くなった。

修行という言葉

私は浅見さんと一緒に『自閉っ子的心身安定生活！』を作っていた。

その間もコツコツと休むことなく作業所には通っていた。

原稿の執筆と毎日の仕事。

以前はどっぷりとのめり込んでいたが、彼の存在があったおかげでオンとオフの切り替えがうまくできていた。

夏が過ぎ、すっかり秋になった頃、本は完成した。

私は岡山に講演に行くことになった。

岡山までは当然一人旅だ。

以前は講演旅行のときにも、トラベルサポートの方と一緒ではないと出かけられなかった。体力的にもきつかった。

でも、作業所に通い始めてからは、一人で出かけられるようになった。

少し前に、飛行機に乗って、金沢にだって一人で出かけることができた過去の経験があったので、少しも不安を感じなかった。


講演が終わると、私はその足で佐賀に帰った。

そして、翌日は作業所に通うことができた。

頑張っているわけでもなんでもなかった。

みんなが普通にやれることが、私にもできるようになってきていた。


岡山には翌月も出かけることになっていた。

岩永先生、ニキさん、浅見さんと「感覚統合学会」で講演をするためだ。

私は前回の滞在で見つけたかわいいお店に寄って、チェリーピンクのニットのワンピースを買った。

他にもいろいろ探索したいところはあったが、翌日の講演のために私はホテルに戻った。

奇跡的な回復をとげていたが、私が自閉っ子であることは変わっていない。

旅のついでを欲張ると、仕事に支障をきたすかもしれない。

だから、私はおとなしく部屋で過ごし、食事もルームサービスを頼んで静かに済ませた。


二回目の講演を終えて岡山から帰る時。

私は新幹線の中で、浅見さんからいただいた一冊の本を読んでいた。

中田大地くんの『ぼく、アスペルガーかもしれない。』だ。

私は深く感銘を受けた。

大地くんは努力することを「修行」と呼んでいた。

私が伝えたいことをすでに実行に移している少年がいたのだ。


私が考える自助努力は、大地くんが行っている修行とそっくりだった。

驚いたのはその修行が個人の活動ではなく、学校でも行われていることだった。

私には怖くて辛いだけだった学校。でも、大地くんは楽しんで通っていた。その事実は、間接的に私を癒した。


私は浅見さんを通して大地くんと知り合うことができた。

やり取りをしていると、彼の賢さが伝わってきた。

可愛げのある子どもであることも知った。

お茶目な子どもっぽさがあるので、私はホッとした。

自分にはあまりなかった子どもらしさ。

私は彼が必要以上に大人びないのを願った。


翌年。

私は大大大博士こと、神田橋先生の本を作るための対談に招集された。

『精神科養生のコツ』を読んで、先生の考えに深い敬意を抱いていた私は、対談に参加させてもらえることに心から感謝していた。

二日間にわたった対談が滞りなく行われたのは、『発達障害は治りますか?』を読んでいただいたら分かると思う。

同じ空間で同じ時間を過ごし、みんなでラーメンをすすったあの経験は、人生の宝となった。


先生は、私の成長は一次障害の改善であるとおっしゃった。

これが誰の身にも起きることだとしたら、欠かせないのが修行だった。

私は修行がどれだけ人生を変えるかという本をいつか書こうと決めた。

翌二月は沖縄で講演があり、それをもって私の出張はひとまず幕を下ろした。

沖縄から帰ると、またいつものような、地味な毎日が始まった。

予定が立て込んでいた平成二十一年に比べ、二十二年は緩やかな年だった。

五月には神田橋先生の本が完成した。

『発達障害は治りますか?』に参加できたことは、私の人生の数少ない自慢になった。

作業所ってこれでいいの? 悩み始める

その頃。

私には少し心境の変化があらわれ始めていた。

仕事をする上で悩みが出始めたのだった。

それは、私が修行を大事にしているからこそ感じることでもあった。


私は自分と他の利用者さんとの仕事量の差に頭を痛めるようになっていた。

そんなに違わない工賃をもらいながら、私の四分の一程度しか仕事をしない人もいた。

仕事中のおしゃべりも目立つようになり、明らかに私が入った頃よりだらけていた。

そして、そう思っていたのは私だけではないようだった。

誰かがクレームをつけたのかどうか分からない。

でも、ある朝作業所に行ってみると、それまでは対面式だった机が切り離されて置かれていた。

それはおしゃべり禁止をあらわしていた。


でも、私は作業所のそういうやり方があまり好きではなかった。

なぜ、仕事中のおしゃべりがいけない理由を説かないのだろう?

そういうことを正しく認識させるのも、訓練のひとつだと思う。

しかしその手の訓練は、残念ながらあまり行われることがなかった。


一度気になりだすと、そこばかり見てしまうようになり、私は人の仕事速度ばかり目で追うようになった。

確かにB型の作業所は生産性を求める場ではない。

でも、業者から任されている仕事がある以上は、みんなが一丸となり、誰もが率先して仕事をするべきだと私は思っていた。

しかし、現実はそううまくはいかなかった。

作業所には作業だけを求めてくる人の他に、単に居場所を求めてくる人もいるらしかった。

私が求めていた修行は、作業所では煙たがられていた。

〈第二章〉

人生初めてのシューカツ

怖い職安

作業所でも年に二回ほどカウンセリングがもうけられていた。

仕事の振り分け方に不満を感じ始めた頃、ちょうどカウンセリングの時期を迎えていた。

私は支援員さんに、そろそろ身の振り方を考えたいともちかけた。

そして、職安に行ってみることを告げた。

私の行動の速さを理解していた支援員さんは、その日のうちに職安に電話を入れてくれていた。

私が職安に足を運んだのは、その翌日だった。


職安には何度か来たことがあった。

でも、窓口に座って実際に仕事を探す相談をするのは初めてだった。

作業所からの電話を受けてくれた若い相談員さんが私の前に腰かけた。

機械的なやり取りのあと、話は進んでいった。

私はこれまで一度も就職したことがないことを告げた。


そのあたりから、雲行きが怪しくなってきた。

相談は尋問のようになり、相談員さんの態度も高圧的になった。


「休まない自信はありますか？」

「休まないっていうのは基礎中の基礎ですよ」

「社会体験が積みたいから仕事を探すっていうのはどうでしょう？」

「紹介するっていうのは相手に手間を取らせるということです」

「自分を過信しすぎていませんか？」

「そんなに甘いものではないんですよ」

相談員さんの言葉は滝のように私に降り注いだ。


絶対に休まないなんて自信は持てなかった。

でも、絶対に休んだことのない人っているのかどうか分からなかった。

それに、仕事を探す動機にいちいち文句をつけられるのは心外だった。

相手に手間を取らせるって、どういうことだろう？

手間をかけられたくないのはあなたなんじゃないの、と思った。

おまけに、自分を過信しているってどういう意味なんだろう？

就職活動が甘くないことぐらい百も承知だった。

だけど、私は文句ひとつ言えなかった。
泣きそうになりながら、とぼとぼと家に帰ってきた。
後日、作業所に職安から電話が入った。
支援員さんは、相談員さんからそっくりそのまま同じことを言われていた。
悔しかったのは、そのときの支援員さんの答えだった。

「職安の人の言うとおりだと思った」

私はがっかりしていた。
せめて、作業所での真面目な態度や仕事ぶりをアピールしておいてほしかった。
それ以来、職安に行くのが怖くなった。
またダメ出しされるのではないかと思うと、ご飯が喉を通らなかった。
でも一方で、私は負けるものかと思った。
そして、意地でも仕事を探す方法を見つけてやろうと思った。

作業所から完全に心が離れてしまったときもあった。
ただ機械のように朝起きて、ご飯を食べて、送迎の車に乗り、仕事場に通う。
忍の一文字で耐えて、毎日過ごしていた。

一ヶ月、二ヶ月と面白くない日々が続いた。

それでも通うことはやめなかった。

突破口を探す

夏も盛りの頃。私はふと、障害者職業センターのことを思い出した。

リワークを卒業してから一年ちょっと。あれ以来、先生を訪ねたことはなかった。


単調な繰り返しの作業に少し変化が訪れたのは、その夏だった。

新しい仕事が増えたのだ。

それまでの仕事より少し難しく、しばし練習が必要だった。私はそれをいち早く覚え、マスターしていった。それにより、だいぶ気が紛れていた。

まったく別の部品を使うので、今までの作業台とは別の机で仕事をすることになったのも、気が紛れる要因だった。人ののろまな作業風景を見なくてすむ。見えないのでストレスも軽減された。

新しい仕事は、前のものよりも楽しかった。一日に二百本以上仕上げなければいけない大変な作業だったが、やりがいが感じられるので夢中になれた。

私は作業所に対する情熱を取り戻しつつあった。でも、このままそこで働き続ける気持ちは薄れていた。

もうそろそろ、一般就職に向けて動きださなければいけないときが来ているように感じていた。

その意思が固まったのは、九月の終わりだった。

私は職業センターの先生を訪ねてみることにした。何か、職探しのヒントをもらえるかもしれないと思った。

私は本気だった。

職場見学

残念ながらリワークのときにお世話になった先生はもう異動されていた。代わりに新しい先生が紹介された。

私はなんとか現状を打破したくて必死だった。それは先生に伝わったようだった。

私の話をよく理解してくださり、センターとしてできるかぎりのことをすると約束してくださった。

職業センターに行ったことは、作業所の支援員さんにも伝えた。黙って就職活動をする利用者さんもいるが、私はちゃんと話しておきたかった。

センターと作業所が連携してくれたら、そんなに心強いことはない。そしたら職安の手ごわい相談員の人にも太刀打ちできる気がした。私はその後も何度かセンターに足を運んだ。

新しい先生は何回か会っただけなのに、私の特性をよく理解していてくださった。発達障害についての知識が豊富というよりは、私自身をよく見てくださったという感じがした。相性のよさは、前の先生以上だった。

私と先生は、どのように就職活動を進めていくか丁寧に話し合った。雇われた経験がないのは、やはり私のウィークポイントだった。前回、職安を訪ねたときより確実に作業所を休む日は減っていたが、その状態で再度職探しに行っても、また難癖をつけられてしまうだろうと私たちは考えた。

仕事ができるかできないかより、もう一歩引いたところから考えられないだろうか。私は職場を見学してみたいという思いにかられた。

職場見学をしてみたいという気持ちは、ずいぶん前からあった。でも、どうやってそこに行き着いたらよいのかが分からなかった。

本来なら学生の頃に企業訪問なんかをするのだろう。でも、私は大学を中退していたし、世間一般でいう就職活動をやったことがなかった。

私はダメもとで先生に職場見学をしてみたいと打ち明けた。すると先生は、すんなり賛成してくださった。

そして、年内に見学に行けるように、数ヶ所あたってみるとおっしゃってくださった。

第一関門は、やすやすとクリアされた。

私はもっと早くセンターを訪れればよかったと思ったが、今そのときがタイミングだったのかもしれないと思った。


見学先が見つかるのを心待ちにしながら私は作業所に通っていた。

ワクワクとドキドキ。はやる気持ちを抑えられなかった。

▼職場見学 その1

十二月に入ると、先生から見学先が見つかったという連絡が入った。

予定は三ヶ所。保育所での清掃活動。鉄工所。スポーツ用品店でのバックヤード作業。特に最後のひとつは興味のある仕事だった。

誕生日から一週間後。私と先生は、朝早くから極寒の中を自転車で走りぬけた。

行先は市立の保育所だ。

園児は全員で七十一人、職員数十九人という、市内で一番小規模の保育所にお邪魔した。

清掃員さんは三十代の障害者の女性。そこでもう三年も働いているという。

私は色々と質問をさせてもらった。


仕事は九時から午後四時まで、休憩時間を含めて七時間。

主な仕事は、事務室と玄関の掃除、花壇の水やり、ごみ収集、食器洗い、トイレ掃除と洗濯物干し。

他には職員のお茶入れや給食の運搬、下駄箱磨き、園庭の草むしりや落ち葉広いがあるそうだ。

ここでは、食事は園児と一緒にとるようになっていた。

掃除中は、何人も園児が話しかけていて、相手もしていらっしゃった。

そういう交流も仕事のうちらしい。

休憩時間は午後一時半から四十五分間。午後三時から十五分間。

その間、彼女は日誌を書いたり、ひとりで読書をしたり、保育所へのクリスマスプレゼント作り（手縫いの雑巾四十五枚）をしているそうだ。

ひとりきりで過ごせるのは理想的だと感じた。

有休は十日間。通院はそれを利用されているそうだ。

物理的環境は恵まれている方だと思った。

臭いもあまり気にならなかったし、園庭と教室が向かい合っていたので、目が届きやすいとも思った。

人的環境は、保育士さんが少し多いように感じた。先生方同士の仲がどのようになっているのか気になった。園長先生は気さくで、なんでも話せそうな雰囲気だった。


清掃員の彼女は、仕事に慣れるのに三ヶ月くらいかかったそうだ。

子どもが大好きらしく、今の仕事は楽しいとおっしゃっていたのが印象的だった。

仕事を見つけるとき、就業時間はもう少し短くてもいいかなと思った。

でもここは、一日の仕事のスケジュールがきっちりと決まっていたので、そのあたりはいいなあと思った。


園長先生は、仕事をするときに一番大切なのは人柄だとおっしゃった。生真面目さや勤勉さが仕事のできに関わってくるそうだ。

陰での努力も見てくれていそうな園長先生だった。

▼**職場見学 その2**
次に訪問したのは、市内にある鉄工所だった。

工場での仕事を見るのも初めてだ。だから、事前に聞きたい質問など、あまり想像がつかなかった。

一応、物理的環境と人的環境を重点的に見るつもりにしていた。

その鉄工所は市内でも大手の企業だった。国内に工場がみっつあり、営業所も北は群馬、南は熊本まであった。

海外にも三ヶ所工場があるらしかった。

主に車のボルトを作っている会社で、毎月数千種類、七千万個ほど仕上げるそうだ。


私と先生は工場内を見学させてもらった。

気になっていた照明は、思っていたより眩しくなかったが、鉄を扱うのでキンキンとした音が、場内いっぱいに響いていた。また、油を使用するせいか、その臭いが充満していて、すごく耐えがたかった。

熱処理を行うところは、夏場はすごく暑いそうで、その場にいるのは無理っぽく思えた。

広い工場だったが、自分の持ち場さえ決まれば、気にならない感じがした。

工場内はほぼ九十九パーセント、男性が仕事をしていた。平均年齢は三十七歳。女性は一割程度のアルバイトの方がいて、仕上がった部品の検品をしているらしい。その作業は上の階の別室で座っての作業だそうだ。

検品は機械を使ってするそうで、その日は残念ながらその光景は見られなかったが、基準が明確に決まっているので、覚えればそう難しい作業ではないとのことだった。

勤務時間はアルバイトでも八時間。朝は八時半から開始だ。

大量のボルトを一日中、コツコツと検品するには、集中力と持久力とエネルギーが必要になるなと感じた。正直なところ、私には勤務時間が長いような気がした。

初めての工場見学で、少々圧倒されたが、しっかり見ることができた。

気になったのは、部品を検品するときは、自分でペース配分をすることだ。

疲れたら休む、というやり方は自分には合わない。疲れがどれくらいか自分では把握できないからだ。

だから、もしこういう工場で働くなら、最初から、検品数に関わらず、一時間したら休憩を取るといった形で仕事をしたほうがやりやすいのではないかと思った。

少なからず、その日お世話になった鉄工所での仕事は自分には向かないことが分かったので、行ってよかったと思った。工場で働くなら、部品ではないところがよさそうだ。

佐賀は職種自体がそう多くないので、自分のできることを広げることが就職への近道かなと感じ始めた。

見らず嫌いせずに、実際に自分の肌で感じてみてから、できるできないを決めようと思った。

▼職場見学その3

おぼろげながら、働くということがどういうことか、目で見て分かってきた私は最後の見学場であるスポーツ用品店を訪れた。

そこは障害者雇用もよく行っているそうだ。

案内してくださった店長さんは、去年まで別の店舗にいらっしゃったそうで、障害者を二ヶ月間試験的に雇ってみて、本採用にしたことがある方だった。

店内はとても広く、扱っている商品も靴下からスキー板まで様々だった。

自転車も取り扱ってあり、そのセクションで働いている人は、ちゃんとした整備の資格を持っているようだった。

私と先生は基礎的な仕事を見せてもらった。ハンギング、商品整理、清掃などだ。

検品作業も見せてもらった。入荷してきた品物を、機械を使って登録していく。

店内にある商品はすべてデータベース化されていて、在庫チェックも一発でできた。

出庫は、よその店舗から商品を譲ってほしいと言われたときに、こちらから送る仕事で、これも、商品の管理はさっきの機械を使って行われていた。あとは商品を持ってきて、箱詰めして伝票を書くだけだ。

とにかく大きなお店だったので、商品の数が圧倒的に多かった。でも、受け持ちのコーナーでしか働かないそうなので、そんなに広さは気にならなかった。臭いもしなかったし、明るさやＢＧＭもクリアできそうだった。

バックヤードの仕事は自分に向いていると思った。

だから、実際に自分の目で確かめられたことはとてもいい体験になったと思う。

大体どんな仕事なのかが分かったので、これから仕事を探す際に、バックヤード作業は選択肢の一つにあげられそうだった。

職場実習

最後の職場見学を終えたのは、一月も半ばにさしかかった頃だった。

就職活動について、四月までにけりをつけたいと思っていた私は、急いで次のステップに進んだ。

その時点で持っている情報をもとに求人を探すことも可能だった。でも、私は確実にレベルアップしたかった。

そこで、職場実習をさせてもらえるところをあたってもらうことにした。先生も大いに賛成してくださった。

できれば、将来役に立ちそうな分野での実習を積みたかった。

そうなると、職種は限られてくる。しかもこのご時世。そう簡単に実習先は見つからないだろうと思っていた。

ところがわずか二週間後。先生から、実習先が見つかったという電話が入ったのだった。

実習を受け入れてくれたのは、最後の見学先であるスポーツ用品店だった。

私は期待に胸が躍った。バックヤードでの仕事はとても興味を引かれるものだったからだ。

実習の期間は二月十六日から三月八日まで。週三日勤務で四時間労働だ。

主にハンギング、袋詰め、仕分け、検品作業をバックヤードでやることになった。


店長さんが、スタッフジャンバーを着て表で作業することもできると提案してくださったが、そうなると、接客もすることになり、ちょっとハードルが高くなるので、今回は完全に裏方にまわしてもらうことにした。

店長さんは発達障害のことをご存知なかったので、職業センターの先生が丁寧に説明をしてくださった。

それに加えて、私が得意なこと、苦手なことを説明した。

たとえば、指示などは耳で聞くより目で見たほうが確実なので、メモを取らせてほしいこと。できるだけゆっくり説明してほしいことなどだ。

一度記憶すれば、繰り返しの作業は得意なこともアピールしてきた。

それだけ説明すると、早口で説明されたり、ちょっとキツく言われることが苦手だと察してくださり、そんなときどうなるかと質問された。

私は少し動きが固まることを正直に話した。

店長さんは、固まったとき、攻撃的になったり、逆に自分の殻に引きこもってしまうか、と尋ねられた。

私はそうではないことを伝えた。

すると、私ができるだけそういう状態に陥らないように、できるだけの配慮をするとおっしゃってくださった。


私は指折り数えて実習が始まる日を待った。そしてついに職場実習の日がやってきた。

天気は晴れ。気温も高く、絶好の仕事日和だった。


初日ということもあり、どういった手順で仕事をするのかを確かめるために、四時間ずっと、職業センターの先生がついていてくださった。

正直言うと、ずっと後ろで見られているので逆に緊張した。

さて、まず、休憩室で出勤印を押す。次に、荷物をロッカーにしまったら、早速仕事開始だ。

その日はハンギングの作業をした。特大段ボール三箱がノルマだった。

作業を始める前に、男性用、女性用のハンガーとサイズチップを用意する。袋に入っている商品をひとつひとつ開封し、そのときに出るゴミ（袋、紙）を分別するビニール袋も二枚出しておく。同じ種類の衣類が大袋に入っているので、それを出してカゴに入れておくことにした。効率よく商品をハンガギングするために、最初にハンガーを数十個かけたら準備完了だ。シャツやパンツ、トレーニングウエアなど、約八十着をハンガーにかけた。

水曜日は商品の搬入日で、私が作業している最中に、どんどん品物が運び込まれて来た。作業終了時間の十分前になったら、後片付けをする。ハンガーとサイズチップを元の場所に戻し、分別用のビニール袋は、もう入らないようだったら、結んでシャッターの前に置いておく。それから店長さん、またはキャプテンを呼んで確認をしてもらい、最後に確認印をもらったら仕事終了だ。

帰り際、店長さんに感想を聞かれたので、時間があっという間に過ぎたと答えた。

その日帰った私は、振り返りシートをつけた。

これは職業センターの先生が用意してくださったもので、実習前の気分、実習後の気分、感想や気づき、疲労度を書き込むことになっていた。

その日の疲労度は四十パーセント。

作業所に通っているときは、五十パーセントぐらい疲れる。

ずっと座りっぱなしで細かい作業をしているよりも、立って動きながら働いているほうが楽だった。これは新しい発見だった。

仕事の効率向上に挑む

早くも実習は折り返し地点を迎えた。

毎週、水、木、土と勤務をし、月、火は体調がよかったので、作業所にも行った。

毎日、二百着以上のシャツ、パンツをハンギングしていた。作業のスピードも段々早くなっていった。商品を取り出すときに柄を見たりする余裕も出てきたし、店内で流れている音楽に耳を傾けたりすることもあった。

苦手な同時進行である、作業をしながら挨拶をすることもできていて、なかなかうまくやれているようだった。

ハンギング作業がない日は、スキー用のブーツを入れる箱を百箱ほど折った。結構大きな箱なので、コツをつかむまでしばらくかかった。

それから、出庫の際に貼り付けるシールに、店舗名の入ったスタンプを押したのだが、その数なんと千四百箇所！

さすがに肩がこり、その日は帰ってから目と頭が痛くなった。

私は頭痛薬を飲んで、二時間ほど仮眠をとった。

以前の私ならそれでぐったり疲れて、翌日も動けなかったと思う、今は違うのだ。

次の日も六時半に起きて仕事に行った。

実習は思っていた通り、すごく楽しかった。

自分は働くことが好きなんだなと、改めて実感した。


実習も三週目に入った。

その週は四日連続勤務だった。

最後の週はハンギング以外に、入庫と出庫検品をさせてもらった。

検品のときはハンディーという機械を使う。

バーコードを読み取るもので、店にある商品のすべてはこれで管理されていた。

入庫の際は、途方もない数の品物を検品した。バーコードは二箇所あるので、上から順に読み取っていく。

斜めになったり、ビニールの色が濃かったりすると、うまく読み取れない。コツをつかむまで、何回も練習した。

出庫では商品を検品したあと、箱に詰めて、伝票を書く。私は五十三足の靴を茨城に送った。

最終的に、ハンギングは一日に二百五十着くらいできるようになった。キャプテンさんからは、だいぶ早くなったと言ってもらえた。

あるお昼休み、初めて顔をあわせたアルバイトの方に、あなたの方がハンギング上手ですよと言われた。

長いようで短かった十日間の実習。自分の持てる力のすべてを注ぎ込んで作業にのぞめたと思う。

高い評価をもらう

実習が終わった翌週。

私と先生は、店長さんからの評価をもらうために、再び店を訪れることになった。

店の入り口には従業員の募集広告が張られていた。

私は先生を待っている間、それをながめていた。自分には資格があるかどうか考えていた。

店長さんは評価リストのほとんどにA判定をつけてくださっていた。

実習している間、手ごたえは感じていたが、改めて紙の上の文字を見ると、嬉しさがあふれてきた。

店長さんは丁寧に説明をしてくださった。どこがよかったか。今後、どういうことに着目して仕事を進めていけばいいか。色々なことを教えてくださった。

どれも初めて聞くような話ばかりだった。

そう。フィードバックの中身は、これまでに聞いたことがないようなことばかりだった。

もちろん、実習をしている最中、こういうことを見られるだろうな、と、いくつか見当がつくことはあった。

時間通りに出勤できているか、勤務態度、仕事に対する熱意、取り組み方などは、当然見られるだろう。

でもこれ以外に、売るという意気込み、説明の伝えやすさ、接客の丁寧さなど、いろんな項目があったので、ためになった。

実際に仕事をしてみなければ、そういう項目は思いつかなかった。


逆に、そういうところも意識して仕事に取り組まないといけないんだなと分かった。

接客といっても、商品出しなどの雑務、お客様との関わり、売るという行為がある。ただ、いらっしゃいませを言うだけじゃないということを改めて知った。

最後の売るという行為については、理解が難しかった。お金を取るのを悪いことだと思ってしまいがちだった。

売る＝押し付けみたいな理解だったのだ。

でも、いい商品をおすすめする、提供するって考えればいいと教えてもらった。

これは、すんなりと自分の中に入ってきて、そのことがあって、お客様に商品を紹介するときに、罪悪感を感じなくなった。

このように店長さんは、実際に働くから感じるであろうことをたくさん話してくださった。


「それで、この先どうされるんですか?」店長さんがおっしゃった。

私はさらに実習を積むか、または本格的に求人を探すことを伝えた。

話していて、さっきの募集広告のことが頭をかすめた。

私は思い切って、話を切り出してみた。


すると、店長さんはこうおっしゃった。

「障害者としての雇用はできません。でも、一般枠で応募していただけるんだったら、ちゃんと検討します」


私はよく考えてみた。

高評価をもらえた十日間の実習。求人が出ているタイミング。こんなに条件が揃うことは滅多にないかもしれない。

でも、心のどこかに不安があった。

その不安を見抜いた店長さんは、こう続けた。

「もし採用になったら、できないことがあったら丁寧に教えます。サポートもします。でも、それはあなたが障害者だからじゃなく、同じ店で働く仲間だからです」

私ははっとした。

仕事を始めるときはきっと誰しもが不安を抱える。私はその不安を、障害者ゆえの不安と混同していたかもしれない。

「あとはあなたのやる気次第です。応募してみませんか？　そのときはセンターを通してではなく、あなたが自分で連絡をしてください」

私は十日間の日々を振り返った。そして、自分がイキイキしていたのを思い出した。

どんな仕事に就いても、不安はある。

失敗もするだろうが、人はそうやって学んでいくものだ。

どうせ働くなら、興味と愛着をもてる場所がいい。

私はその瞬間、応募することを心に決めた。

その後、私はもう一度センターで先生と一緒に考え、結論を出した。

その日の午後、私は店に電話して、面接の予約を入れた。

就職活動を始めて五ヶ月。

運命の日は、そこまで迫っていた。

合格！

就労は無理だと誰もが思っていたこともあった。

でもそれは遠い日になった。

面接は合格だった。

私はついに、職をつかむことができたのだ。

これにはセンターの先生も作業所の支援員さんも大喜びしてくれた。

両親は喜んで半狂乱になった。


三月最後の日曜日。私は大分にいた。

おばを誘っての家族旅行。日田の蕎麦屋でそばをすすりながら、私は自由のきく最後の休日を楽しんでいた。

これからは休日にも仕事が入る。彼ともそうそうデートに行けなくなるが、私はにんまりしていた。

暮れていく夕日を眺めながら入る露天風呂。背中を流すときも、つい鼻歌がこぼれる。

私は世界で一番幸せを感じていた。

旅行から帰った翌日。私はオリエンテーションに出た。その日は接客のマナー、店で働く上でのルールを学んだ。

オリエンテーションは二回行われ、後半はビデオ講習が行われた。

数種類の映像を見て、正しい接客か、そうでないかをチェックした。

また、様々なケースを描いたイラストをみて、どのような行動をすればいいか、なんと声をかければいいかなどの確認をする、簡単なテストもあった。

それから、店で使う用語の勉強もした。それらを経て、仕事開始の運びとなった。

数日間は実習のときと同じように、バックヤードでハンギングの作業をした。

春の新作や昨シーズンの売れ残り品など、たくさんの商品が入荷されてきた。

一週間後、ついに売場デビューの日がやってきた。

ハンギングはお手のものだが、接客をしながらというのは初めてだ。

しかも、売場は音楽も流れ、照明も明るい。

休憩もなく、五時間通しの作業。

不安はあったが、とにかくやってみよう、と覚悟を決めた。

先輩のIさん、Sさんの指示を受け、まずはメンズのシャツ類のハンギングを始めた。

フィッティングルームの後ろで作業をしていたが、そのとき初めて鏡で働いている自分の姿を見た。

ユニフォームの赤いジャンパーがなんとも似合っていて、ちゃんと店員に見えた。

赤は私のラッキーカラーだ。

声をかけてくれる先輩も、「めちゃくちゃ馴染んでるよ～」と言ってくださった。

なんだか自信がわき、私は自然と、通り過ぎるお客様に「いらっしゃいませ。こんにちは」と声をかけることができていた。


今まで作業所では休憩を取りつつの四時間作業だった。

五時間、しかもぶっ通しというのは、未知の世界。

でも、無事にやり遂げられた。

仕事が終わり休憩室で飲んだ水は、今までで一番美味しかった。


そうして月日は流れ、仕事を始めて四ヶ月が経った。後輩も入ってきた。飲み会にも参加した。

ふと店の入り口を見たら、従業員募集のポスターがはがされていた。

就職活動を始めるのがもうしばらく遅れていたら、今はなかったかもしれない。

努力との折り合い

努力が可能性を広げることは証明された。
大事なのは、発達の凸凹をよく見極め、どんな努力の形をとるかだ。
それによって、人生は大きく左右される。
大人になっても修行は続く。
それは、障害の有無に関係ない。
人生を豊かにするためにも、努力し続けることは大切なことなのだ。

努力ゆえの解離を引き起こした過去の私。
でも今は、自分自身で努力することを選んでいる。
そうすることで人生の選択肢を増やし、可能性の幅を広げることができる。
自分で人生を切り開く力は誰の中にも眠っている。
でも、磨かなければ当然光らない。

ほんの少しでもいい。

自分を信じることから始めてほしい。
そうすれば、自分が輝いている未来が見えるはずだ。
未来の映像は、自然に頑張る気持ちを引き出してくれる。

世界

いつものバスに乗って、仕事に出かける。
夏休みのバスは人でごった返し、座る場所もない。
私はつり革につかまって、窓越しの景色を見た。
反対車線の車には、いかついおじさん。
横断歩道を渡る母親と子ども。
自転車の高校生。

みんながそれぞれの時間の中で生きている。
それぞれの幸せを目指しながら。

人はエキストラでしかなかった箱庭の世界を飛び出した私は、みんなと同じ世界を生きている。

人生は初めから決まっているのではなく、自分の努力次第でどうにでも変えることができるのだ。

未来はまっさら。

先が決まっていない道のりを歩いていくのは、時に不安を感じることもある。

でも、それこそが生きる醍醐味であることに、最近、私は気付いた。


不安があるからこそ、思い通りの未来が訪れたとき、喜びを感じるのだろう。

泣いたり笑ったり、人生はそれの繰り返しでいいと思う。

そうやって年をとって、たまに後ろを振り返る。

あんなこともあったな。

そんな風に、過去を懐かしむことができたら、人生は上々だ。


かつて、解離の統合により、過去を失った私。

でも、今はほんの少し、振り返れる過去を新たに手にすることができた。

例えば十年先。

過去の自分を見つめて、満足できるように、私は今、一生懸命生きている。

〈第三章〉

青春の闇は暗くても

私の育った環境

うちは父、母、妹、祖母、そして私の五人家族だ。

父は福祉施設の施設長をしていて、母は事務の仕事をしていた。

祖母はあまり社交的ではなく、ほとんど外出をしなかった。

妹は私より三歳年下で、私たちはとても仲がよかった。私はとにかく妹の面倒をよくみた。


私はどちらかというとおとなしい性格で、小さい頃から体が弱かったが、徐々に社交的になっていった。

これは、幼なじみの男の子の影響が大きかったと思う。

父は厳しかったが、年に二回必ず家族旅行に連れて行ってくれる人だった。

全体的に家族仲はよく、人からは理想的な家庭だといわれた。


私は母の職場＝母の実家によく遊びに行っていて、そこで手伝いをたくさんした。

妹と私の社交性に差異があるとしたら、私はそこで養ったからだと思う。

しかし、祖母は私が母の実家にたびたび行くことをよく思っていなかった。

のちにそれは、私と妹を差別することにつながった。

私が小学校にあがるころには、もう両親とも共働きをしていた。

父はとにかく仕事が忙しく、あまり家にいなかった。

母も朝から夕方までいなかったし、家に帰ってくると家事があったので、一緒の時間をほとんどもてなかった。

さらに私は小学校一年生のときから個人塾に通い始めた。週に二回、二時間。それに加えて、エレクトーン、習字、英会話を習っていた。

私は、家族が唯一揃う夕飯の時間にいなくなり始めた。でも、妹はいつも一緒だった。

顔をあわせることが少ないので、一緒に暮らしているとは思えなくなった。

同じ家に暮らしていても、ほとんど会わないすれ違いの生活。認知の特性からか、「一緒に暮らしている」とは思えなかったのだ。

なんだか、藤家家という家に下宿しているだけのような気がしだしてきた。加えて、家族で食卓を囲むことも減り、孤食の状態になった。

私が想像する「家族」の姿は、サザエさんのようにいつも家族が顔を合わせ、一緒に食事をしている感じだった。うちは、それとはまったく違った。

父とはたまに夕食の時間が重なるくらい。朝も早かったので、洗面所ですれ違うくらいしか記憶がない。

母にはもっと会っていたが、仕事場の母を見ていたので、母親としてみていたかどうか定かではない。


さて、私の反抗期は小学校三年生から始まった。

いささか早めの反抗期。原因は、厳しすぎる父の存在だった。常識的なのはいいが、それが行き過ぎていた父。

私と父はことごとくぶつかった。

母と妹は、私たちがケンカをしない日はなかったと振り返っている。ただでさえ会う回数が少ないのに、私たちはケンカばかりしていた。


私と父はよく似ている。似ているぶん、ぶつかると激しかった。

小学校時代は、父は私に手を上げていた。私は必死にこらえていたが、本当はとても怖かった。


可愛げのない生意気な私は、あまり可愛がってもらえなかった。

反対に、従順で大人しい妹は家族から愛されていた。

私は心の底から妹がうらやましかった。

反抗期が激しくなり始めると、祖母からいじめられるようになった。

祖母は昔の教育者だ。分かりやすいほどにいい子ちゃんが好きだった。

妹が大のお気に入りの祖母は、私をいじめるようになった。二人いても妹だけを買い物に連れて行ったり、妹だけに何かを買ってあげたり、扱いに差を出すようになった。

父はその事実を知らない。

祖母は私には笑顔も出さないようになった。祖母のことは好きではなかった。でも、比べられたり、可愛がられなかったりすると、それなりに辛かった。


父とはケンカ。

祖母からはいじめ。

その事実を母はよく知っていた。

だが、一度も助け舟を出してくれたことはなかった。

母は父や祖母に絶対服従だった。


助けてくれない母を私は恨むようになった。

厳しい田舎の旧家で、母の立場が分からなかったわけではない。

でも、助けてくれない母は、私の事を好きではないのだと思うようになった。

ところで、妹は誰がみてもいい子だ。素直で大人しく、親も育てやすかったと思う。私とも仲がよかった。
妹のことは大好きだったし、可愛がった。でも、同時に可愛がられる妹が、心の底から憎かった。うらやましくてたまらず、ねたんでいた。

年が上がるにつれて、次第に家族から孤立していった私。
解離も発症していた。
原因は家庭内不和だ。
本当は父からも母からも祖母からも必要とされたかった。
でも、自分は間違ったことをしていない。
素直じゃないから可愛がらないという親の考えに、納得がいかなかった。
だから、どうしても自分の考えを曲げられず、結局反抗ばかりしていた。
必要とされたい。
可愛がられたい。
でも、でも……。
いつも、葛藤していた。

学校ではいい子すぎるキャラクターのせいか、優等生で有名だった。だから、ほとんどの学年で学級委員長をしていた。

基本的に真面目な性格なので、何事もきちんとするのは気持ちがよかった。

模範生徒となった私は、先生のお気に入りになった。でも、それは危険なことだった。

そのせいで、同級生からのねたみを買い、私はずっといじめにあっていた。

仲良しグループというものに一応属していたが、私はその仲間たちからいじめを受けていた。中学生になってもいじめは続いた。それどころか、どんどん悪質になっていった。

保健室登校も登校拒否も経験がある。

私の人生は、最悪の出だしだった。夢も希望もない、絶望だけが覆いかぶさっていた。

二次障害と呼ばれるもの

私はいろんな二次障害を発症した。ウツ、パニック障害、解離性人格障害。

今考えれば、小学校時代からウツはとうに発症していたと思う。自殺を考えることもたびたびあった。

パニック障害になったのは高校生になった頃だ。人ごみの中に入ると発作を起こすようになった。

だから、学校の集団生活は本当にきつかった。集会のときは体育館に入ることができなくなった。

それから、解離。

お医者様によると、解離を起こしたのが小学校二年生の頃。

記憶が不確かになる小学校六年生の頃には、別の人格が完成したと思われる。

それから二十三歳の頃までずっと、解離の状態だった。

解離の瞬間と「記憶」

当然、解離していた頃の記憶はない。

でも、解離したかもしれない瞬間のことは、はっきりと覚えている。

私は歩いていた。学校までの道のりを。


細い路地を一人で通っていた。

寒い、冬のある日。

体がとても重かった。

それなのに、一瞬、ふっと軽くなった。


つんのめったような感じがして、前を見ると、自分の背中が見えた。

背中は段々遠くなっていった。

私、何をしているんだろう。

早く歩かないと、遅刻だ。

そう思ったとき、もう、目の前を歩いていった背中はなくなっていた。


私は、今を生きる発達障害の子どもたちに、同じ思いをしてもらいたくないと思っている。

解離は、辛い現実から逃げるための手段だった。

しかし、それが賢明な手段だったかどうか、私にはわからない。


初めて自分の背中をみた日から、たびたび、私は同じような現象に襲われるようになった。

私は自分の背中を見つめる、もう一人の私の存在を感じるようになった。

手を伸ばせば触れることができそうなほど近くから見た自分の背中は、次第に遠ざかっていった。

ふわふわと浮いているような感覚に慣れることができず、私はいつももがいていた。

そのうち、自分の力で、真っ直ぐに体を起こしていることができるようになり、指先の感覚もはっきりとつかめるようになった。

しばらくすると、おかしな感覚が私を襲うようになった。

自分の目で見ているのに、何も感じない。

映像がテレビのように流れるだけで、何も手出しができなかったのだ。


静か過ぎる時間が流れ、ふと我に返ると、手に何かを持った感触が残っている。

動けなかったはずなのに、何かをした形跡がある。

そういうことが、生活の中でどんどん増えていった。


最初は薄気味悪さを感じた。

揺らぐ視界。

突然の頭痛。

子どもだった私には、それらをどうすることもできなかった。


私の記憶は、小学校高学年になるくらいから、あやふやだ。

思い出そうとすると、出発した「回想」という名の歩みが、すぐゴールを切ってしまう。

振り返っても、何もない。

ただ、立っているその場所しかないのだ。

解離を統合したあと、しばらくは、虚しさがあるだけだった。

昔のことを覚えていなくても、生きていくことはできる。

しかし、体の中を、なんとも不完全な形をしたもやもやが、行きかって暴れた。

まるで虫食いだらけの洋服を着ているように、ところどころ寒く、誰に対して感じているのかわからない恥ずかしさが私を悩ませた。

その感覚は、しばらく続いた。

それを受け入れるのに、長い月日を費やした。


誰とも分かち合えない心の寂しさ。

なぜ解離してしまったのか分からない苛立ちと、また解離してしまうのではないかという不安。

不意に襲ってくるそれらの気持ちを受け止めるにはまだ若すぎる年齢。


私は完治しても、一向に幸せを感じることができなかった。

もし、年端もいかない子どもたちが、同じような経験をしたら、どうなるだろう。

私はいつしか、考えるようになった。

解離は、上等な手立てではなかったということを。

その一線を越える前に、誰かが気付いてあげなければいけないのだ。


統合はひとつの解決策だ。

でも、そのあとに残る心の傷を、また、癒さなくてはいけない。

それは、とても根気のいる作業なのだ。


解離したことで生き延びてきた私は、大きな代償を払った。

それは、もう取り戻しのきかないもので、失った月日の長さに、気の遠くなるような失望感を感じることが度々あった。

私にできたのは、前を見ることだった。


そして、自分に毎日言い聞かせた。

過ごしてきた日々よりも、これから迎える朝の方がずっとずっと長い、ということを。

繰り返し、呪文のように、ひたすら心の中で唱えた。


正直言うと、解離のことを書くかどうかは迷った。

でも、この記録が役に立つのなら、書くべきだと思った。

二度の引きこもり

私の今の復活だけをみている人には、私にこんなに重い二次障害があったなんて信じられないだろう。

当の自分でさえ信じられない。

二次障害にどっぷりつかっているときは、こんなにも希望に満ち溢れた未来が訪れようとは思わなかった。

でも、頭の隅っこで、いつも想像はしていた。幸せになっている将来の自分の姿を。

どんなときも思い描くことをやめなかった。それはけっこう大切なことだったらしい。

大学を中退して実家に戻った頃から、終始解離している状態が続いていた。

ある診察のとき、もう一人の人格が現れて、そこで初めて私が解離性人格障害だということが判明した。

病院にかかって、九年目のことだった。

お医者様を信用していなかったわけではない。でも、なかなか心を開けなかったのは事実だ。

解離の統合を医者は積極的に行わなかった。

ただ、もう一人の人格が現れたときに、どうしてそうなったかを詳しくカウンセリングしたらしい。

統合はもう一人の自分の意思で行われたと先生は教えてくださった。

私の解離が統合しやすかったとしたら、それは、私が生きていくためにやむなく解離したからだと思う。

生きにくさの原因は、アスペルガー症候群だったことだった。

解離を統合しているさなか、私はアスペルガーの告知を受けた。

自分に自閉的な特性があると知って驚いたが、妙に納得がいった。どうすればトラブルを防げるかが考えやすくなった。

「診断告知」について考える

最近、定型発達の人の配慮で、告知を受けていない子どもたちがたくさんいると知った。

当事者の私からすれば、何に配慮しているのかが分からない。

告知後の心のアフターケアをすればいいじゃないか。

告知はなされるべきだと私は思う。

例えば障害により、苦手とするところがあったら、その子はそれを補う術を身につけなければいけない。

しかし、なぜ苦手なのかが分からないまま努力を強いられるのは辛いだろう。

自分の不得意なことについて、理由も知りたいと思う。

告知をすれば、腑に落ちることがたくさんでてくる。それは、安心へとつながる。

自分は人より劣っているわけではないのだ。努力不足でできないわけではないのだ。

この気持ちを知っているか、知らないかで、心の余裕の差が大きく開く。

余裕を知っている子は、目標達成のために全力を注ぐことができると思う。

「現実世界」を把握しないと、回復はない

アスペルガーだと分かり、私の人生これからだ、とはりきっていた時。

長崎で男児誘拐殺人事件が起きた。

その事件をきっかけに私が本を書いたことは前述した。

執筆をし、私はそれまで知らなかった大きな世界に飛び出した。

憧れの東京。夢だった作家の仕事。

講演をする機会にも恵まれ、何もかも順風満帆のように思われた。


でも、本当はここからが本当の闘いだった。

私は何の矯正も受けないまま、世間に飛び出していた。

本を執筆したあとも、当然のように私の世界には巨人がいたし、世界はシルバニアファミリーのおもちゃ箱のままだった。

これは、のちに横浜に転居したことで露呈する。


私はたくさんの人に迷惑をかけて、横浜から故郷の佐賀へと舞い戻った。

大きな挫折は私を引きこもらせた。

その最中も、本を書いていたから、読者の方は私が順調な生活を送っていると思われていたかもしれない。

でも、私は完璧に部屋に閉じこもり、やせ細り、惨めな生活を送っていた。

浅見さんが自閉症の専門機関を紹介してくださり、私はそこにお世話になることになった。

そこではまず、思考の矯正が行われた。

自分の意図とかかわりなく世界を動かす巨人のいる世界から抜け出すことが最大の目的だった。

私は教えられるだけではダメだった。

本当に巨人はいないんだと、自分の人生は自分で切り開いていくものなのだと、体で味わうことが必要だった。

私は初めて、自分にも他人にも意思があることを知った。

エキストラでしかなかった他人。

その人も、私と同じ世界で生きていることを知った。


世界はとてつもなく大きかった。

思考が矯正されると共に、私が抱えていた箱庭の世界観は次第に消えていった。


それから、記憶の塗りかえも行われた。

私はその支援団体で、同級生の同性のカウンセラーと出会った。

小学校から高校までいじめられ、同性の同級生に対する不信感、恐怖感を抱いていた私。

そのカウンセラーの先生と一緒に講演先をまわったり、食事をしたりすることで、徐々にいやな思い出を塗りかえることができた。

そのおかげなのか、フラッシュバックが激減した。

いいこと尽くめだった支援施設での生活。

しかし、自己の成長を感じると共に、居心地の悪さも感じ始めた。

なんだか、すべてを管理されている気分だった。

何を訴えても、アスペルガーのせいにされ、私は不満を感じるようになった。

もっと信用して欲しかった。


自分にはもう支援が必要ないと見極めるのは難しかった。

でも、週に一度のカウンセリングだけでは、何も解決しなかった。

いつになったら仕事をしていいのか、いつがそのときなのか、話は一向に進まなかった。


失敗しては心に傷を作るというのはわかる。

でも、そういう真綿にくるむような支援の仕方では、もうひとつ先の成長が得られないような気がした。

引きこもりからの脱出

引きこもりから脱出するには、思い切って外の空気を吸うことが大事だと思う。

そして、自分の将来をリアルに想像することが必要だ。

すべては自分のため。いつかは親も死んでしまう。

ひとりで生活していくには、まず、引きこもりを解消しなきゃいけない。


現実を見れば、自分がいかに時間をもったいなく使っているかが見えてくる。

強さはいらないと思う。

ただ、もっと時間にケチになることが必要だ。


それまでは支援団体の近くにアパートを借りていたが、そこをやめるので引っ越すことにした。

そこに住んだままでは、心機一転して生活を営めそうになかったのだ。

私はしばらく実家に帰ったが、無人状態で別のアパートを借りることにした。

完全に実家に帰ってしまったら、自立生活に戻りにくくなる気がしたからだ。

そうやってアパートを借りたのは、自分のための先行投資だと思っている。

引きこもりから脱出し、私は週に一、二回から佐賀市に泊まりの練習をしに行くようになった。

以前の自立生活が失敗した原因に、暇すぎるというのがあった。今度は日中活動の場を見つける必要があった。

できれば将来の就職に結びつくような場所を探したかった。そして私は、障害者職業センターを見つけた。


そこでボールペンの組立、分解作業をやっていることを知った。

すぐさまボールペン作業をするには体力が足りなかったので、私は体力をつけるために、リワークプログラムに通うことになった。これは前述したとおり。

最終的には週三日、センターに通うことにして、それにあわせて、週の半分を佐賀のアパートで過ごすようになった。

就労の準備と、自立の訓練を同時に始めたのだった。


ひとり暮らしは初めてではないけれど、いつも重荷になるのが、料理だ。

私には毎日夕飯を作る体力もなかったし、苦手な料理は何よりもストレスだった。

私はタクショクという、宅配弁当サービスを探してきた。それを利用することで、ひとり暮らしの負担はかなり軽減された。

二度目の引きこもりを脱出しようとしているとき、一番考えたのは、社会とどうやってつながるかということだ。

いきなり飛び込むにしても、一体どこに飛び込んだらいいのかが分からなかった。

社会と関わりを持たずに生きていくことも不可能ではない。

でも、一生そうやって生きていけるかといえば、そうでもない。

私はとりあえず、仕事を見つける窓口になる職安から関わってみようと思った。

就労支援現場の限界を知る

しかし、職安ではひどい扱いを受けた。二度と行きたくないと思った。

障害者窓口というのが設けてあるが、扱いが邪険になるだけのように思えた。

対応してくれる人によっては、見下されているとさえ感じた。

でも、ひどい結果にはなったが、職安に行ったのは無駄ではなかった。

障害者職業センターを知ることができたからだ。

考えたら即、実行してみるという積極性は、けっこう私を助けてくれている。


そうして、職業センターに通うようになった。

センターでは朝はストレッチ運動を十五分間、ウォーキングを十五分してから作業に取りかかる。

ボールペン作業は立ちっぱなしで二時間。

これを一年近く続けた。体力もだが、持久力もついた。


前にも書いた通り、センターで一年過ごしたあと、私は就労継続支援B型の作業所に通うことになった。

私はのっけから、週五日通うことにした。

浅見さんはそれで、大満足したという。

多くの人も、そこをゴール地点と考えているらしい。

でも、私は違った。

最終目的はあくまでも就労。そこに近づくためのステップとして作業所に通う。

私は最初からそう思っていた。


だからなのか、作業所の考えの甘さに、途中から私は居心地の悪さを感じるようになった。

通い始めて一年半が過ぎた頃、私は本格的に仕事を探す体制に入った。

相変わらず職安との相性は悪く、邪険に扱われるのがおち。

そのことを作業所の支援員に話しても、フォローはなかった。

仕事をしたいという思いだけでは、何の経験もない障害者に、職安の人は仕事を紹介してはくれないのだった。


作業所での私の勤務態度が悪いなら、何のフォローもしてくれなかった支援員の対応に文句はない。

でも、私は間違いなく、作業所で一、二を争う働き者だった。

そのことがあってから、私は作業所の支援はあてにしないことにした。


そうなると、頼れる場所はたったひとつ。障害者職業センターしかなかった。

センターに支援を頼んでも、即仕事に結びつくかどうかは分からなかった。でも、相談だけでもしようと思った。

すると、どこよりも手厚い支援をしてくださった。


センターで支援を受け、職場見学、実習を経た私は、運良くそのまま仕事をゲットすることができた。

そこに至るまで、私は重い二次障害を乗り越え、引きこもりを脱出し、様々な経験をしてきた。

どんなときも、心にあったのは、前に進みたいという気持ちだ。

その思いは、どんなに困難で厄介な二次障害でさえ打ち砕くことができる。

そのために、私は心のトレーニングが必要だと考えるようになった。

いや、心だけでなく、生活スキルや、生き方もトレーニングできる。

そうすることで、自分を二次障害から守ることは可能になる。

どんな状況にあっても、立ち直れるのだ。

二次障害から心を守る生き方のトレーニング

心のトレーニングとは、まず、現実を受け入れる強さを持つこと。

ウツになっているなら、それを認めるところから始め、病院にかかることを恥ずかしがらないこと。

人生が小休止状態になっても、それが今は必要なことなのだと割り切ること。

一歩立ち止まって、自分の周りの状況を見渡せるくらいの冷静さを身につけることなどだ。


生活スキルのトレーニングは、まず、規則正しく生活することが基本である。

こもると、大体昼夜逆転になる。これは「二次障害」が大好きな生活条件だ。

それを防ぐだけで、精神的に健康を保てることができると思う。

そのためには、日課を持つことが大事になってくる。

家の手伝いを義務化したり、運動を心がけたりすることでも二次障害から身を守れるはずだ。

生き方のトレーニングを、私は「潔さを思い描くこと」から始めた。

誰のせいにもしないこと。

これは、重要なキーワードだ。

何でも必然だと思ったら、それを取り戻そうと必死になれる。

一方で、なんでも人のせいにしていたら言い訳がましくなり、ちっともやる気がおきない。

二次障害の多くは、周りの環境に起因したり、親のせいだったりするが、あえて、必然的にそうなったと考えることで、自分の運命としてとらえることができる。

そういう心構えをもち、心のトレーニングと生活スキルのトレーニングを行うことで、いっぺんには無理でも、どうにか二次障害を乗り越えていけるようになると思う。

〈第四章〉

自立は一日にしてならず

頑張る必要性がわかっていなかった

今は熱心にトレーニングに励む私も、生まれつき修行体質だったわけではない。
小さいころはおっとりしていて、自発的に何かを始めるタイプではなかった。
不得意なことも多かったので、お手伝いもすすんではしなかった。
どちらかというと、苦手なことはなかなか努力できない子どもだった。

学校は苦手なことこそ頑張ることを推奨していた。
松尾塾はさらにそれを徹底していた。
いやいややらされる修行は、ちっとも身につかなかった。

私はちっとも手伝いをしない子だった。
先に述べたように、不得意なことが多かったせいもある。
床ふきに洗濯。表を掃いたり、窓磨きや風呂掃除。
ベッドメイクなんかは、いつでもやれる手伝いだった。
だけど、私は一向に自分からはやらなかった。

理由はいたってシンプル。

母は決して「手伝いなさい」と言わなかったのだ。

ニブい私は、手伝いの存在に気付かなかった。

わざとではない。

言ってくれたら、ちゃんとやっていたと思う。


小学校も高学年になると、さすがに母は手伝いをしない私を叱るようになった。

ひどく心外だった。必要だったら最初から言えと思った。

私は次第に手伝いをするようになった。


多くの定型発達の子は、ある程度大きくなれば、自らすすんで手伝いをやり始めるのかもしれない。

そうやって、身辺自立を果たしていくのかもしれない。

ところが、私はそれらのチャンスを見事に見逃してきてしまった。

なぜ頑張る必要があるかは教えてあげたほうがいい

子どもの頃は何のために頑張らされるのかが分からなかった。

大人に理由を聞くと、「わがまま言って」とか「口ごたえばかり」とか言われるだけだった。

ひと言、大人になるためのトレーニングだと教えてもらえたら、もっと真剣に取り組んだだろう。

頑張ることは所詮、通知表のためだと思っていた私は、あまり修行に励む子どもではなかった。


白状すると、修行の意味に気付いたのは、大人になってからだ。

それも、発達障害だという診断をもらってからのこと。

だから、私の修行歴はまだまだ日が浅い。


一方、好きなことに対しては驚くほど努力できる子だった。

特に本を書くことに関しては、驚異的な頑張りをみせた。

学校の勉強とかけもちしている塾の勉強。

そのかたわら、私は父からゆずってもらったワープロで、毎日本を書く練習をした。

最初は全部書き上げられなかった。できそこないの作品がいくつも増えた。

中学校に入った頃には、本を書くことは生きがいになっていた。

あきらめずに励んだおかげで、最後まで書き上げることもできるようになっていた。

磨き続ければ能力は育つ。私の中にはそういう確信ができあがった。

そうして、得意なことには努力を惜しまないようになった。


辞書によると、「修行」とは一本立ちができるまで、日夜工夫を凝らし自己を鍛えることである。

私は考えた。人が一本立ちするとはどういう状態か。

答えはわりとすぐに出た。

私が考える一本立ちは、親からの完全独立だ。

それには身辺自立は欠かせない。

そのための努力が、家の手伝いをすることだったのか？

そう考えると、母があれほど必死だったわけが分かるような気がした。


独立するためには、経済的自立も必要だ。

将来、ちゃんと仕事に就くためには学校に通うことが大切だと思う。

読み書き、計算の習得はもちろんのこと、何気なくこなしている登下校は、毎日の通勤の練習になる。

だから、登校拒否をしているのは、もったいないことなのだ。

最近は、障害の特性ゆえに登校拒否をすることを正当化する親も多いという。

でも、本当にそれでよいのだろうか？ 学校は子どもにとって社会そのものだ。

関わることをやめてしまったあと、その子は一体どこに身を置いて生きていくのか？


義務教育すらまっとうできない子どもたちがたくさんいる。そして、たいていの場合、ニートになる。

働きもせず、家にこもりっきりの子どもに、いつか親は腹を立てるだろう。

ただ、その親に子どもを叱る資格があるかと問われれば、私はないと思う。


できるのは、社会に復帰するために尽力することだ。

しかし、一度社会から遠ざかってしまい、なおかつ大人になってから戻ろうとするのはかなり大変なことだ。

それを考えれば、子どもの頃から努力を重ねる方がうんと楽な生き方だろう。

やっぱり、社会との関係は断つべきではないのだ。


自立するための修行は小さいときから始まっている。

発達障害の子どもには、それを明確にしてあげたほうがいい。

当たり前の生活の中に、生きるための術を身につける機会がたくさん隠れている。

私たち大人は、人生の先輩として、それらをうまく引き出してあげなければいけないと思う。

ひとり暮らしを成功させるために

されど、その重要性に気付き、本当に小さい頃から修行をほどこされる子どもは少ないであろう。大多数の人は、大きくなったあとに「もっと頑張っておけばよかった」と気付くもので、それが普通である。

私も後悔をしているうちの一人だ。だけど、クヨクヨする必要はない。大人になってから修行をはじめた私も、ちゃんと間に合った。

私の場合、修行は、体力をつけるところから始まった。

時は支援団体をはなれた頃にさかのぼる。

数回にわたり引っ越しを失敗し、気力と体力はかなり低下していた。

私はひとまず、一日過ごしても体力が残るような状態を目指すために、いったん実家に帰ってきた。

規則正しい食生活と適度な運動。

家事の手伝いなどを通して、数ヶ月の間に私は目標の状態に到達した。

次の目標は、その状態を一週間キープすること。

その次は二週間。

そして、一ヶ月、二ヶ月と徐々に日数を増やしていった。


マイナスだった体力がプラスに転じると、気力も持ち直してきた。

私はさらに次のステップに進むために、余暇活動の充実をはかることにした。

そこで目をつけたのが、障害者職業センターだった。

その頃の私は療養中ではあったが、ニートという意識が強くなっていた。

その思いを解消するためにも、日中活動の場を見つけることが大切だった。


先述したように、職業センターではボールペン作業が行われていた。挑んだ一度目の作業で、私はあえなく倒れた。

しかし、それを機に新しい目標を見つけることができた。

将来的に、二時間立ちっぱなしのボールペン作業に耐えうるだけの体力をつけることだ。


これは、脳が理解しやすかった。どれくらいのパワーと持久力が必要になるかイメージしやすい。

その間、私はリワークプログラムに通うことになった。

それと同時に、私は暗礁に乗り上げていたひとり暮らしを再開した。

これまで、私のひとり暮らしの修行は、なかなかうまくいかなかった。

理由は複数考えられる。

ひとつは、住まいの使い勝手が悪かったこと。

普通の人なら大して問題にならないことが、私のひとり暮らしを阻んでいた。

たとえば、私は風呂の混合栓にひどく混乱した。お湯の温度が一度でも違うと、私の皮膚は不快に感じ、入浴を拒否するようになった。

そのことにストレスを感じ、ウツになったこともある。

また、窓の規格が狭いために、圧迫感を感じ、過呼吸になることもあった。


住んでみて分かったのは、古いアパートの間取りでは、閉所恐怖症の症状が出ることだ。

それから、耐震強度の強い家でないと、酔うことも判明した。

道路沿いの家も、揺れを感じるので適していなかった。

私のひとり暮らしを成功させるためには、それらのことにも気を配る必要があったのだ。


また、もうひとつの理由は、暇すぎたことだ。

私は支援団体で教わったとおり、スケジュールを組んで一日を過ごすようにしていた。

しかし、肝心の予定が埋まらなかったのだ。

音楽を聴いたり、テレビをみたりすることだけでは不十分だった。

でも、今度はこれまでとは違う。

体力を消耗しない住まいを見つけ、日中活動の場も探し出した。

それに加え、これまでにないほど、今がひとり暮らしをする時だという確信があった。そういう心の準備を、私はとても大事にする。

だから、今回はうまくいく予感がしていた。

予感は的中した。

新しいアパートは便利な機能がたくさんついていて、不便さから来るウツとは疎遠になった。

食事は、宅配弁当サービスを利用した。

毎日、夕飯を準備しなければいけないというストレスから解放されたので、苦手だった料理もするようになった。

味噌汁やちょっとしたおかずを作って、弁当と一緒に食べる。習慣になると、料理はなかなか楽しかった。

ひとり暮らしを始めてしばらくすると、歩いて十分未満のところにスーパーマーケットができた。

便利にはなったが、ひとつ問題があった。

裏道を通らないといけないことだ。

私には、ちょっと困った特性があった。

それは、北上しかできないところだ。

南下しようとすると、道を思い描けないいし、実際に身をよじるような妙な感覚が体を襲った。

もしかすると、ボディ・イメージと関係あるのかもしれない。

はたまた、見えないものはない感じるせいなのか。

だって、背中側の世界は、鏡でも使わないかぎり見えない。

突然、「逆に進んで」と言われたら、私はバックしてしか歩けなかった。


とにかく、支援団体に通っていた時分には、まだその特性があった。

でも、『続 自閉っ子、こういう風にできてます!』を作る時に、岩永先生からボディ・イメージについて説明を受け、自分なりにトレーニングをつむようになったあたりから、裏道を使えるようになってきた。

今では、右だろうが左だろうが、自由に道を曲がれるし、急に進行方向が逆になっても戸惑わない。

そういうわけで、私の生活範囲はかなり広がった。

百八十度しかなかった世界が、三百六十度になったのだ。

ボディ・イメージのトレーニング

以下はボディ・イメージのことを教わってからやってみたトレーニングだ。

・右側に塀がある道を自転車で走る。
・洋服ダンスや整理ダンスを部屋の右側に配置する。
・人の左側に立つ癖をつける。

主に、これらの三つをやった。

自転車で走るのと人の左側に立つのは、右半身の意識を高めるためにやっていた
部屋の配置を変えたのも、同じ理由だ。なんでも右手側にあるようにすると、必然的に右手を使う。

家具の配置を変えてすぐは、やたらとぶつかったり、突き指をしたりしていた。

でも、次第に自分と右側にあるものとの距離感が分かってきたり、右に何かがあるときの空気抵抗感がつかめてきたりした。

そんな感じでボディ・イメージをつかんでいった。

スーパーの横にはドラッグストアもできた。

それまで、生活用品は実家に帰ったとき、まとめ買いをしてアパートまで運んでいたけれど、店ができて以来、それはやめにすることにした。

なくなる頃合を見て、自分で買いに行く。それがひとり暮らしの楽しみになった。


かかりつけの歯医者さんや内科もアパートに近くに探した。これで怖いものなしだ。

ひとり暮らしの修行は、つつがなく進んでいった。

支援団体に通っていた頃のそれと比べると、格段にうまくいっていた。


ストレスのかからない住まい。適度に便利な環境。暇つぶしの場所や病院があること。

家を選ぶときには、これらの条件が大事なことがよく分かった。

就労支援の理想と現実

一人暮らしがうまくいき始め、ストレスとは無縁の毎日が過ぎていった。

障害者職業センターでは、ほどよい疲れを抱えて帰宅する。

そうすると、夕飯がこれまでにないくらい美味しく感じられ、私はたちまち食いしん坊になった。

体力がついたのは誰の目から見ても明らかで、春が訪れようという頃には、リワーク・プログラムを修了することになった。

でも、すぐさま就職というわけにはいかなかったので、前述のように私は就労継続支援B型の作業所に通うことに決めた。

送迎もしてもらえるらしく、私は本当についていると思った。


センターの先生は、週のうち、二、三日から始めたほうがいいのではないかと提案してくださったが、私は毎日通うことにした。

せっかくついた体力。もちろん無理は禁物だが、体力は何かしながらつけるのが一番効果があらわれる。

私はウツが治ってから体力強化に励もうと、長らく思っていた。

でも、いつになったらその時が訪れるのか、まったく分からなかった。


まだ、養生しなきゃ。

まだ、外に出るのは早すぎる。

まだ。

まだ、もうちょっと。

治らないウツのせいにして、私は事に取りかかるのをいつも先延ばしにしていた。

でも、時は待っているものじゃないと気付いたのだ。

私は治療の途中だったが、外の世界と関わり始めた。そうしたら、障害者職業センターが見つかった。


ウツになって半年後にはリワークに通い出した。

そして、さらに半年後、私は作業所にお世話になることになった。

きっかけを見出せずに、引きこもったままの人はたくさんいると思う。

そういう人には、きっぱりと鬱々とした生活に見切りをつけて、外に飛び出すことをおすすめしたいと思う。


桜咲く四月。私は作業所に通うようになった。

みんな親切で、すぐに馴染めた。仕事は楽しく、やりがいがあった。だから、どんな仕事も自分から進んでやった。


私が通っていた作業所は、精神疾患の人が多く、見た目には元気な人ばかりだった。

見た感じが普通。それは、私が一番苦しめられてきたことだ。

同じ悩みを抱えている人が集まって、一緒に仕事をしたり、レクリエーションをしたりする。

私はそういう活動をする場に参加するのが初めてだった。


作業所には就労相談をする人がいた。

私は作業所に通い始めた頃から、いつかここを卒業して就労するのを目標にしていた。

でも、この目標が、途中から私を苦しめることになった。


B型施設といえど、仕事を請け負っているならば、真剣に取り組む必要がある。

ましてや、それで工賃が発生しているならば、なおさらのこと。

それは仕事をする上で当然持つべき意識であると思う。

私が作業所に通い始めた頃は、みんなが一生懸命仕事をしていると感じた。

人数も少なく、指導員の目も行き届いていた。


内職の仕事は単価が安く、数を膨大にこなしてなんぼだった。

個人の能力に多少の差はあったが、それでも、みんなが頑張っていた。

できない人には指導員が丁寧に教え、利用者同士も、お互いのミスをカバーしあっていた。

その均衡が少しずつ崩れ始めたのは、通所しだして一年ほど経過した頃だ。


まず、作業所に通ってくる人が倍になった。その頃から、利用者のおしゃべりがひどくなった。

ひとりが話し出したら、みんなが話し出す。でも、指導員はなかなか注意しなくなった。

それから、仕事の量がうんと増えた。

全員ができるような仕事が減ったため、できる人がとことん頑張らなければいけないようになってしまった。

なんだか不公平だなと私は思い始めた。

どんなに仕事をこなしても、工賃は仕事を怠ける人と同じ額。

でも、一番腹立たしいのは、頑張る人に甘えて、他の利用者にほとんど指導をしなくなった指導員の態度だった。


何のための指導員なのか?

私はひどく悩むようになった。

毎日山のようにある作業。手が腫れるほどビニールテープを巻きつける日々。

嫌気がさし、作業所を休みがちになった仲間がいた。

私は休まなかったが、通い始めた頃の作業所への情熱をすっかり失っていた。

我慢できずに意見する人に、「ここは生産性をあげる場所じゃないから」と返す指導員。

だったら、さばききらないほど仕事を取ってくるなよとも思えた。

できる人が休むと、明らかに落ちる生産率。私にはかなりのしわ寄せが来ていた。

ひどいのは、作業をほとんどせずに毎日通所する利用者をかばって、ストレスを感じ、休みがちになった人を叱咤する指導員の姿だ。

私は文句を言うことも、仕事を休むこともしなかったが、頑張らされている仲間がそんな扱いを受けるのをみるのがたまらなく嫌だった。

信用していた指導員さんを見る目も変わった。

そして、一日も早く作業所を出て行けるように、就職活動を始めることにした。

しかし、B型施設から就労に結びつくのは容易ではなかった。少なくとも私が通った作業所では、難しかった。

だって、何の情報も提供してもらえなかった。

就労したいと打ち明けても、それきりで、結局、自分の力で就労先を探さなければいけなかった。

職安に行き、こてんぱんにされた私は、支援員のフォローを期待していた。

仕事態度は真面目だし、量も作業所一こなしている。

きっと、職安の人に「あなたが思うほど、能力は低くない」と言ってくれると思っていた。

だけど、返ってきた答えは、「職安の人の言うとおりだと思う」のひと言。

私は、ショックを受けた。

そして、ここで相談をしているだけでは、到底就職に結びつかないと悟った。

作業所で、たくさんのことを吸収したのは事実だ。部品組み立ての技術も習得した。たくさんお世話になった。

でも、そこはもう、いたい場所ではなくなった。

私はそのことがあってから、方向転換をはかって、障害者職業センターに進路相談をすることにした。

結果的に、就労に結びついたのは、センターのおかげだった。

一般枠での就労で経験したこと

ひとり暮らしを始めて三度目の春が来た。

それと同時に、私は念願だった一般就労を手にした。

どんなに頑張っても手に入らないかもしれないと思っていた夢が、こっちにおいでと手招きしていた。

ついに私はやったのだ！

一般枠での採用という形は、当初、私の望むところではなかった。

でも、実習先の店長さんは、充分にやっていけると判断して下さったのだった。

私が障害者であると知っていたのは、チームのキャプテンと店長の二人だけ。

正直なところ、初めは戸惑いを隠せなかった。


失敗したらどうしよう。いつもその言葉が頭の中を駆け巡っていた。

でも、答えは案外簡単だった。

失敗したら、挽回すればいい。

そこから何かを学び取り、同じ失敗を何度もしなければ、全然問題ないのだ。


それに、仲間のフォローもあり、私はあまり失敗をしなかった。

店長さんが判断して下さったとおり、なんとかやれていた。

むしろ、ハンギングにおいては、人より早く、量もこなせていると評価してもらえていた。

私は徐々に自信をつけていった。


職場の人間関係も良好だった。

違う部署の人とも、仲良く付き合えた。

けっこう頻繁にバーベキューや飲み会が行われていた。

私は交通手段がなかったのであまり参加できなかったが、行ってみたいなという気持ちはあった。


入社して三ヶ月くらい経ったある日。

チームの新入り歓迎会が開かれることになった。

場所は駅前の居酒屋さん。そこなら、アパートからも行ける距離だった。


私は色々なことを考えた。

部署内のイベントだから、共通の話題で盛り上がれる。親睦をさらに深めるチャンスでもある。

そういうわけで、私は「参加する」に丸印をつけた。

内心ドキドキしていた。飲み会は初めての経験だった。


私は色んなところにアドバイスを求めた。障害者職業センターの先生。作業所の支援員さん。友達。

どういうところに気をつけたらいいか、飲み会での心得みたいなものを聞きまくった。


一番多かった意見は、酒が入ったら人は声や態度が大きくなるので驚かないように、というものだった。

これは、聞いておいてよかったと思う。

実際に、酒乱が数名いて、その変貌ぶりに私は度肝を抜かれた。

でも、中には静かにチビチビと飲みたい人もいて、私はほぼ、その人の横に席を陣取って過ごした。

狭い居酒屋の中、宴会を繰り広げているのはわれわれだけではなく、いたるところから甲高い声が響いていた。

ふたを開けてみれば、なんと三十五人も参加するという、規模の大きな飲み会。

しかも、予定より一時間も遅れて始まるという、予想外の展開をみせ、私は正直、やばい状態になっていた。

すきっ腹に流し込んだオレンジジュースとタコのカルパッチョが、胃の中で激しいダンスを踊っていた。

むかむかむか。

突如襲ってきた激しい吐き気に、私はトイレに駆け込んだのだった。

予定通りに始まらなかった戸惑い。待ちくたびれた疲労感。冷たいジュース。

普段食べなれない居酒屋のメニュー。

私はそれらを丸ごとトイレに流してしまった。

するとなんだかスッキリして、そのあとは結局、午前一時までいることができた。

帰りは贅沢だがタクシーを呼んで、「オジサン、ちゃんと送ってやってよ！」という仲間の声に見送られて、無事にアパートまでたどり着いた。

こういうことを、みんなは普段からやっているんだろう。でも、私には初めてだった。それは特別な経験だった。


帰ったら、バタンキューすることもなく、ちゃんとお風呂に入った。

湯船の中で鼻歌を歌いながら、私はニヤニヤしていた。

これって、まるで「社会人」だ！ドラマに出てくる、「大人の女性」みたいだ！

その晩は興奮して、あまり眠れなかった。


だからといって、それで体調を崩すこともなく、翌々日は普段と変わりなく仕事に行くことができた。

休憩室で会った店長が、飲み会に出席したことを喜んでくれていた。

なんだか、私は立派に店の一員になれているんだなと感じた。


初めのうちはハンギングが主だった私の仕事は、次第に増えていった。

お客様を誘導するだけでなく、実際に商品の説明をしたり、注文をとったり、商品の格納をしたり。

みんながやっている仕事と同じ仕事をやった。

下手だったかもしれないけど、一生懸命に取り組んだ。

働き出して半年が経ち、私は契約更新をしてもらえた。

契約書にサインするとき、喜びで手が震えた。

「働く時間をもう少し増やしてみてもいいかもしれないですね」と店長さんがおっしゃった。


私は心に決めた。

可能な限り、ここで働かせてもらおう。

ここに骨を埋めてもいい。

そう思った。

でも、予想外の出来事が私を待ち受けていて、それから一ヵ月後、私は職場を離れることとなった。

浪費癖

私は障害年金をもらって生活している。

それに働いたお給料を足しても、一ヶ月何とか生活ができるくらいで、毎月お金はほとんど余らなかった。

だから、貯金はほとんどできないのが現実だった。

私には悪癖がある。
実際には、あったと言ったほうが正しい。
それは、買い物依存症だ。
ストレスを、買い物をすることで解消してきた私の貯金は、スカスカだった。

買い物は気持ちがよかった。
興奮するし、悩み事が一気になくなっていく感じがした。
手に入れた品物も、愛着を持てるものばかりだった。
それらを見つめて時間を過ごすのも快感だった。

よく、買ったあとに後悔が押し寄せてくると言うけど、私にはそれがなかった。
だから、いつまでたっても、やめようという気にならなかった。

必要ないものばかり買っていた。
カーテンをオーダーするのに十万円以上かけたこともあった。
洋服に靴にバッグ。
小さなお店が開けるくらい、私は物を買い漁った時期があった。

誰も私を止められなかった。

でも、カードだけは手を出さなかった。

実は、私の親戚には買い物依存症で自己破産をした人がいる。

私は多感な少女時代、その人が家族に迷惑をかける様を見て育ってきた。


あの人と同じようにはなりたくない。

そうは思っていても、なかなか完治しない依存症。

そんな私が、いよいよ買い物依存症を克服しようと思ったのは、恋人と付き合うようになってからだ。


彼は私とは対照的で、とてつもない節約家だ。

多くはない稼ぎの中から、可能な限りの貯蓄をしている。

買い物の仕方もまるで主婦。

値段を見ずに、ぽんぽんカゴに放り込んでいく私は、初めて一緒に買い出しに行ったとき、ひどく呆れられたのもだ。


彼と一緒にいるうちに、私は自分に充分な蓄えがないことを恥ずかしく思うようになった。

彼は将来のことをしっかり見据えて、若いときから貯金をしている。

それに比べて、私はどうだろう。

一時的な気分のよさを理由に買い物ばかり。

将来、もし両親に先立たれたとき、グッチのハンドバッグは私を食べさせていってくれるのだろうか？


ふとそんな疑問が頭をよぎった。

底が見えてきている預金。実家を離れてのひとり暮らしを続けるのも危うくなってきた。

そして、運命のカウントダウンは、私の知らないところで始まっていた。


仕事を更新してもらえると分かった数日後、私は父から実家に戻るように言われた。

いつかは来るであろうと思っていた現実がついに訪れた感じだった。

ひとり暮らしを続けていくだけのお金がなくなったのだ。

破綻する前に実家に戻り、お金を貯めて生活の基盤を立て直す。それが私が実家に戻る目的だ。

とはいっても、すんなりは受け入れられなかった。

彼と離れたくない。せっかく手に入れた仕事を辞めたくない。

他にも理由はいくつかあった。

でも、私にはどうすることもできなかった。
散々浪費してきたツケがまわってきたのだ。

与えられた道を歩む

身から出たさびとは、まさにこのこと。

しかし、私は落ち込んではいられなかった。
これから新しい仕事を見つけなければいけない。
私は早速動き出した。

職安の求人は、ほんの少し。あまり魅力的な仕事はなかった。
贅沢は言っていられないが、ずっと続けていかなくてはいけない仕事だ。
納得いくところを選びたい。私は求人情報サイトも手当たり次第見てみた。

すると、一ヶ所だけ気になるところが募集をかけていた。
生活雑貨とアパレルを扱う店で、ギリギリ実家から通える範囲にあった。

私は父に相談した。すると、店を見に行こうということになった。

車で三十分。私は本屋さんで待っている父を残して、店をのぞきに行った。

リーズナブルな価格設定をした店で、可愛らしい感じがあった。

父に言われたこともあり、私は店長さんに思い切って話しかけた。

面接を受けたいこと。でも、今はまだ別の職場に籍を置いていること。来月には引っ越す予定があること。

そして、絶対働きたいという意思を伝えた。

すると、面接をしてもらえることになった。

私は期待を胸に、家に帰った。そして履歴書を用意し、一生懸命、志望動機を考えた。

どうしたら雇ってもらえるだろうか。

自分のアピール・ポイントを探し、一日中頭をひねった。

スポーツ用品店での半年間があるので、以前よりずっと自信はもてた。

今まで経験がなかったゆえに乗り越えられなかった壁は数知れず。

今度はなんとしても合格したかった。

数日が経過し、いよいよ面接の日が来た。

私はスーツを着、いつもより控えめにメイクをほどこした。

とにかく笑顔。そして、はきはきと元気に。

そのふたつを心がけた。

面接の結果が出るのは、一週間から十日後。私はベストを尽くした。
落ちたらがっかりするだろうけど、ああ言えばよかったとか、こうアピールすればよかったとか、
そういう後悔は残らない面接だった。

退職を切り出す

ほんの一週間前、契約更新をしてもらったばかりの私は、退職願を書こうと便箋を取り出した。

しかし、ペンを持った手は、ピクリとも動かなかった。

辞めるしか方法はない。でも、私はまだ頭のどこかで、それ以外の手立てがないか、必死に模索していた。

そうして、一時間が過ぎていた。

せっかく仲良くなった同僚と別れるのは心底寂しかった。

それに、やっと覚え、コツをつかみ始めた接客の仕事。

なにより、また無職になるのが怖かった。


実家に帰ることが決まった翌日は、仕事が入っていた。

私はいつものようにハンギングをしながら、なんて店長に切り出したらいいのかを考えていた。

うちの店では、最低でも退職する十四日前までには、申告をしなければいけなかった。

予定では一ヵ月後にはアパートを引き払うことになっていた。


いったん仕事をし始めると、過集中型の私は、他の事が目に入らなかった。

もくもくと作業し、ダンボールの山を減らしていく。

荷物がどんどん少なくなっていくのをみると、アドレナリンが分泌されて、気持ちが高ぶった。

まさに天職。私の荷解きスピードは速く、先輩曰く、人の三倍さばけるらしかった。


水分補給も忘れるほど熱中していたためか、その日はついに退職の話を持ち出せずに終わってしまった。

心の内に辞めたくないという思いがあるからなのか、わざとらしいうっかりは続き、結局、私は一週間、打ち明けることができなかった。

このままではいけないな、という思いがあったが、どうやって話をもっていけばいいのか見当がつかなかった。

両親には、申告をしたのかとせっつかれる。アパート退去の日も近づいてくる。

久々に私をパニックが襲った。

とにかく、まずは退職届を書かなければいけない。私は覚悟して、ペンを進めた。

初めて就職をしてから半年。こんなに早く、退職届なんかを書く羽目になるなんて。

書き終えると、私の気分は、とても低いところまで落ち込んだ。

店長にはなんて言おう。怒られないかな？　呆れられないかな？

理由があるとはいえ、たった半年で辞めるなんて、へなちょこ野郎の気分だった。

実習を快く受け入れ、就労までさせてくださったのに、なんだかそれを踏みにじるような気分がして、私はなかなか店長にアポを取れなかった。

退職届をかばんに忍び込ませて三日。まだまだ言い出せない日々は続くかのように思われたが。

ちょっと様子のおかしい私に、店長の方から声をかけてくださったのは、その翌日のことだった。

「最近、顔が死んでるよ。どうかした？」

休憩室で、店長はコーヒーを飲みながら私にそう言った。

「そ、そうですか？」

「なんか悩みでもあるの？　顔、青いよ？」

さすが、店長。鋭い。

私は言い出すならここしかないと思い、覚悟を決めて顔を上げた。

「実は……」

そして、辞めたくはないけど他に手段がないこと。ここの仕事がとても好きだったこと。散々お世話になっておきながら、辞めざるを得ないことを許して欲しいことを告げた。

店長は「なんだ、そうだったのか」と言って、私の言葉を快く受け入れてくださった。

私が実習からお世話になったのに、としきりに言っていたのに対し、「実習は実習。使えると思ったから雇ったのであって、だから、そのことは気にしなくていいんだよ」とおっしゃった。


店長の優しい言葉に、私の目は潤んだ。

「じゃあ、最短で受理します。最後の日まで自分の仕事を頑張ってください」

「はい。よろしくお願いします」私は頭を下げた。

店長は最後に、「とても残念です。よくやってくれていたから」と言ってくださった。

私はその言葉に胸が熱くなった。

頑張れていたんだ。

私は安堵するとともに、いよいよ退職が決まった寂しさも手伝い、店長が出て行った休憩室で、ひとりメソメソと泣いた。


数日後、私は同僚に辞めることを打ち明けた。

十五人いる同僚のうち、いつもタッグを組んで働いていた四人の先輩たちは、「藤家さんがいなくなったら、仕事の分量、今の倍以上になるよ」と、困った顔をした。

そんなふうに言ってもらえるんだから、私はなかなかいい仕事ができていたんだな、と分かった。


たった半年の仕事。でも、一日一日が、いい勉強になる素晴らしい日々だった。

これからの人生、ここで吸収した何もかもが、きっと役に立つ日が訪れるはずだ。

店を去る最後の日、私は店長から、これ以上ない最高の言葉をもらった。

「また機会があれば、戻っておいで」

受かった！


面接から長い一週間が過ぎた。

私はいつも携帯を気にするようになった。

八日、九日、十日。

しかし、いっこうに私の携帯は鳴らなかった。


残念ではあったが、とにかく落ち込んではいられない。

実家に帰るまで、タイムリミットはたったの一ヶ月間。

私は次の仕事先探しにうつった。


私が見つけたのは、ディスカウントストアのサービスカウンターの仕事。靴屋さんでの仕事。衣料品店のレジの仕事。この三つだ。

これら以外は、正直なところ、働く自信がないところばかりだった。

私はその三つの中から靴屋さんの仕事を選んだ。靴は好きだし、興味をもって仕事ができそうだったからだ。

私は急いで職安に足を運んだ。

だが、気分は重かった。何かと職安と相性の悪い私のことだから、今回も何か起こるような気がしていた。

そして、予感は的中したのだった。


結果から言うと、私は紹介状をもらえなかった。

相談員さんが言うには、私に関する情報がなさすぎるので、紹介できないということだった。

情報って何？　私は思った。

私は職安をほとんど利用したことがなかった。当然、利用記録など残っているはずもない。

でも、とにかく、障害の状況とか、これまでの職探しの経過とか、情報がないと紹介できないと言われたのだった。


障害者職業センターを通じて、実習に行ったことは、どうやら記録に残っていたらしい。

でも、職安は通していない。

どうやってその情報をもってこいと言うのだ。私はパニックに陥った。


しかも、職安の相談員は、そのとき通っていた職場を辞めることをもったいないと言い、「実家から通ったらどう?」と軽々しく言ってきた。

私は怒りに震えていた。もったいないのは百も承知。そうできないから仕事を探しに来ているんだろう!

私はキレそうだった。


怒りを抑えるべく、ひい、ふう、み、と数えた私は、「紹介状をもらえないなら、もういいです」と言って、職安をあとにした。

玄関を出ると、悔しくて涙が出てきた。十月なのにまだ冷たくならない風が、私の横を通り過ぎていった。

なんの、これしき!

私はぐっと涙をぬぐった。


障害者職業センターに行って、今日のことを全部話そう。労働局の苦情窓口にタレこんでやる!

私の頭の中はグジャグジャになっていた。


数日後。

私は職業センターで事情を話し、別の職安に行って紹介状をもらうことができた。

履歴書も用意し、気合いの入った志望動機も考えた。

あとは面接を受けに行くだけ。

今度こそ、頑張るぞ。

そう意気込んでいたときだった。

かばんの中に入れていた携帯が鳴った。画面を見ると、知らない番号だった。

私は出なかった。しばらくすると、電話は鳴り止んだ。

でも、なんだかその番号が気になっていた。

五分ぐらい経って、また電話が鳴った。

今度は父からだった。真っ昼間に父から電話があるなんてめずらしい。

私はちょっと慌てた。


「もしもし？」

「今、〇〇屋さんから電話あって、あんた、面接受かったたってよ」

「は？」

「だから、受かったたって」


受かった？

私の目は点になった。

二週間前に面接を受けたあの店に、受かった？

私は信じられなくて、もう一度父に確認した。


どうやら、間違いないらしかった。

さっきの知らない番号は、お店からの電話だったらしい。

そういえば、十日以上経過したから、アドレス帳から削除していたんだっけ。

私は電話を切ってから、しばらくボーっと立ちつくしていた。


それから、ジワジワと喜びが湧き上がってきた。


「いやったー！」

私はバンザイをした。

心の底から嬉しかった。


そのあと私は店に電話をした。

面接をしてくださった店長さんと話をして、四日後に初出勤をすることになった。

電話を終えると、喜びのあまり、足ががくがく震え出した。


それから、面接先に丁重にお断りの連絡を入れて、職業センターの先生に嬉しい報告をし、一通り用事をすませてから、いそいそと買い出しに出かけた。

その日は昼間っから、酎ハイとチョコレートケーキでお祝いをしたのだった。

実を言うと、私はお酒は一切飲めなかった。

でも、食べられるものが増え、食欲が出てきた頃を境に、酎ハイくらいならお酒を飲めるようになったのだ。

今ではお祝い事があると、必ずお酒を飲む。旅行に行ったときも飲む。

私はいまや、ミラクル自閉っ子になったのだ。

新しいスタート

採用の電話をもらってから四日が経ち、私はその前日にこれから働く店で購入した真新しい服を着て、初出勤を果たした。

当日はラウンドと呼ばれる巡回があり、本部のある福岡からマネージャーさんがいらしていた。

十三時から数時間、私は接客の仕事をした。

まだレジ操作はできないので、洋服のたたみ直しやサッカー（袋詰め）に入るだけだったが、とてつもなく緊張した。

声出しは前の職場でやっていたのでスムーズに「いらっしゃいませ」を言うことができたが、それ以外にバリエーションがなく、他のスタッフの「どうぞ、ご覧くださいませ」や「ただ今、決算セールを行っています」の言葉に圧倒されるばかりだった。

少し遅い昼ご飯の時間が来た。

私はマネージャーや先に休憩に入ったスタッフと一緒に、軽めの食事を取った。

その日は四時間程度の勤務の予定で、食事をすませると、残りは一時間ちょっとになってしまった。集中していたので時はあっという間に過ぎていってしまった。

次の出勤までは三日ほど間があり、私はその間、佐賀に戻ってスポーツ用品店での最後の仕事を勤めた。


再び雑貨屋さんへの勤務日がやってきた。

当日は五時間勤務。

早速、レジ操作を習って、実践してみることになった。

レジを打つのは生まれて初めてだった。

店のレジは手打ちのものとバーコードを読み取るものの二種類があり、たいていの商品はバーコードだった。

手打ちのものは三足千円の靴下だったり、三ピース三百九十円のタオルの組み合わせで、レジの打ち込みより、どの組み合わせかを覚えるのが大変そうだった。

ランチマットとコースターも組み合わせが可能で、だけど、組み合わせられないものもあったりで、どうやら、持てる記憶力のすべてを注ぎ込んで暗記しなければならないようだった。


覚えなければいけないのはそれだけではなかった。

支払いは、現金、商品券、値引き券、デビッドカード、クレジットカードと多岐にわたる。

それぞれレジ操作は異なっていて、記憶するのが大変だった。

レシート控えを出し忘れていたり、割引きするところを間違えてきたり、最初からうまくはいかなかった。

商品券や値引き券は、つり銭がありのものか、なしのものかを選ばなければいけなくて、細かい分類に、脳が大パニックを起こしていた。

本当に私に務まるのだろうか？

そんな不安が何度も頭の中をよぎった。

しかし、まだまだ勤務二回目だ。

そんなに早くマスターできるはずはない。

私は自分をそうやって励まして、とったメモを見つつ、レジ操作を学んでいった。

普段、なんとも思わずにお金を払い、ポイントカードを出していた私。

それが、逆の立場にまわってみたら、こんなに大変だったとは。

私は必死に記憶の糸をたぐりながら、カードを機械に通し、ポイントを加算した。


五時間は瞬く間に過ぎた。

その日は教えてもらったことがたくさんあり、走り書きのメモ用紙を十枚近く持って帰った。

さすがに脳みそがギュウギュウ詰めの状態で、偏頭痛が私を襲ってきた。

「イブ。イブを飲まねば……」

私は頭痛薬を飲んで、しばらく横になった。


そのあと、私は書き込んだメモを虎の巻ノートに清書すると、クシャクシャと勢いよく丸め込んで、ポイっとゴミ箱に投げ入れた。

すると、パンパンだった脳みその中からも、文字の行列が削除されたのだった。

これまでの私だったら、大体、店を出たらふらふらとなって、迎えの車の中で息も絶え絶えになっていたはずだ。

それなのに、今の私はまとめまですませた上に、風呂に入る体力も残っている。

湯船にぽちゃーんとつかりながら、私は習いたてのレジ操作のおさらいをした。

「えーっと……」

頭の中にあるレジの映像が自動的に動き出す。

三ピース千円の靴下は、一回目のバーコードから百七十円引いて、さらに二回バーコードを通す。

百五十円のタオル三枚は、一回目の値段マイナス二十円かける三個。

それから、それから。

体をこすりながら、髪を洗いながら、私は思い出せるだけのレパートリーを試した。

けっこう覚えているものだな。

私は上機嫌だった。

そして、すっかり湯にあたった。


次の週は八時間勤務が私を待っていた。

これも体験するのは初めてのことだ。

正直言って、どうなるのか見当もつかなかった。

思いはただひとつ。

やればできるはず。


私はできるだけ肩の力を抜いて当日を迎えた。

ありがたいことに、その日は検品と品出しの仕事が山ほどあり、大忙しの一日だった。

時間はあれよあれよと過ぎ行き、気付いた時には残り三十分というところまできていた。

やってみると、八時間はそんなに苦ではなかった。
それだけの体力が、私にはついていた。

思いがけないカミングアウト

数回目の勤務のとき、店長から私は思いもかけないことを言われた。
それは、私の本を読んだ、ということだった。
私は目が点になった。
ということは……。
私が障害者だということをご存知だということになる。

私は焦った。大いに焦った。
なぜなら、面接の際、自分が障害者だということは伏せていたからだ。
障害のことはクローズで面接を受けることにしていた。
だから、障害のことがバレた、と思った。

障害者として仕事をしていくか、あくまで一般枠で雇用してもらうか決めるのは自分だ。

世の中にはカミングアウトせずに働いている人がいくらでもいる。

でも、実際に隠して働くのは、なんとなく罪悪感があった。

私は、一体どうなるんだろうと心配になった。


もしかして、採用はなかったことにしてください、なんて言われるかもしれない。

そうなったら、絶望のどん底だ。

おでこにじっとりと脂汗が出て、私は気を失いそうになっていた。


すると、店長はこう言った。

「どんなところに気をつけたらいいのかな？」

ぎゅっとつぶっていた目を、私はぱちくりと開けた。

「は？」


聞き間違いかと思い、私はもう一度尋ねた。

「今、なんと？」

「一緒に働く上で、どんなところに注意したらいいの？」

店長は優しくそう言った。

聞き間違いじゃない！

私は驚きつつも、留意点について述べた。

丁寧に教えてもらえばできること。その際は、なんに対して言っているのかを明確にしてもらうこと。遠まわしに言わないこと。

そのほか、いろいろなことを説明した。


「店には常連さんとか来ます。顔は覚えられそう？」

私は人の顔を識別するのがとても苦手だ。洋服や髪形が変わると、誰か分からなくなる。

だから、そのことを話した上で、声でなら判別できることを伝えた。


それから、人の気持ちを読むのが苦手なこと、読めても少しずれた解釈になることも告げた。

店長は、分からないと感じたら、そのときに聞くことをすすめて下さった。

私はとても嬉しかった。

辞めさせられるどころか、こんなに気を配ってもらえるなんて。


こうして私は障害者ということを隠さずに働くことになった。知っていてもらえることは、大きな安心材料だった。これで、心置きなく仕事に打ち込める。

分からないことがあったら、聞いて解決すればいいいんだ。

私はその日から虎の巻ノートを携えて、店に立つようになった。

これからの修行

半月後には、ひとりきりで店に立つことになっていた。だもので、早番のときの準備のやり方や、遅番のときのレジの精算のやり方も覚えなくてはいけなかった。

本部に送る報告書の書き方。店に出す書類の書き方。レジの閉め方やキャットと呼ばれるカードを通す機械の閉め方。

一通りのことを、先輩に教えてもらい、ついにひとりで遅番を迎える日がやってきた。

その日は夕方から一人で店に立った。

お客様は少なく、ラッピングの注文もあまりなかったので、スムーズに閉店の時刻がやってきた。

私は虎の巻ノートと報告書をかわるがわるながめながら、記入漏れがないよう、慎重に書き込んでいった。

緊張からか、大粒の汗が額を流れていった。

何とか仕事を終えた私は、先輩が教えてくれたように何度も見直しをした。

レジの中にお金が残っていないか。ちゃんと電源を切ったか。

何度見直しをしても安心できなかったが、十度目で見切りをつけて、私はロッカーに翌日に必要なものを仕舞いに行った。


次の日。

出勤しても、何も言われなかったところをみると、うまくやれていたに違いない。

私はやっと、胸をなでおろした。


それから約一ヶ月が経って、私はだいぶ仕事にも慣れてきた。

クリスマスが近づき、最近はラッピングの注文も多い。手先が不器用なりに、頑張って何とかこなしている。

私がレジに入って、先輩がサッカーをし、ラッピングをしていたときのことだ。

私はレジを打ち終えて、先輩が包装をしているのをボーっとながめていた。

あとから、それではいけないことを教えられた。

リボンとシールを用意することができたし、袋を用意することもできた。ポイントカードにスタンプを押すこともできた。

私がそれをしなかったぶんだけ、お客様は待たされる。

私は先輩に言われるまで、そのことに気付けなかった。

先輩は、人がしてほしいと思うことを読むことが必要だと教えて下さった。

お客様の視線の先に、ポイントカードのチラシがあれば、それはカードを作ってほしいということだということも教わった。

そういう気配りをしないといけないらしい。私はそういうことがとても苦手だ。

だけど、これからは努力する。そういう場面をたくさん見て、ストックをたくさん作って、先を行く気配りができるように、修行をする。それが一番の課題だ、と思った。

残念な結果

雑貨屋さんで働き始めて、半月以上が経った。

早番も遅番も経験し、一通りのことは経験した。

精算作業も慣れ、幸いミスすることは一度もなかった。

店に入りたての私にできる仕事は、在庫補充や、売り場整理、ポップ作成くらいだった。

でも、先輩が作業するところを見て、什器の組立や、伝票作成を学んでいった。

商品を他店に送るときは移行伝票をきらなければいけない。返品の際も、伝票作成が必要だった。

この伝票作成はすぐに覚えることができた。そして、送る品物を梱包するのも、わりと簡単だった。

私が苦手だったのは、売り場作りだった。

新しい商品が入ってきたら、すぐに売り場を作らなければいけない。

でも、店内はすでにある商品で埋まっている。

どのようにして新しい商品を置く場所を作り出すか。

それを考えるのが、私はとても下手だった。

だから、なかなか自分ひとりで作業をやり遂げることができなかった。


今は自分ひとりでできる在庫補充も、初めのうちは先輩に助けてもらってばかりだった。

商品自体が欠けているもの。色欠け。

それらをピックアップしてもらって、私は出すだけ、という状態がしばらく続いた。

でも、それではいけないのだ。

私は自分にできるだけの精一杯の努力をした。

欠けている品番をすべてメモし、バックヤードの在庫を調べる。そういうやり方で、在庫補充の仕事は何とか一人でできるようになった。


ただ、雑貨屋さんの仕事はそれだけではない。商品をギフト提案して、売れるように演出することも必要だった。

手先がとても不器用な私はラッピングが苦手だったが、一生懸命練習をした。

バリエーションは少なかったが、ラッピングはできるようになった。


大変だったのは、箱の包装だ。回転包装とキャラメル包装。

後者は結構簡単で、徐々にできるようになったが、回転は難しかった。

一度、その注文が入ったときに、私は自分の練習不足が原因で、なかなか包装ができなかった。

その結果、お客様をひどく待たせることになってしまった。先輩が助けに入ってくれたのだが、お客様は私の不手際に不快感をあらわにされていた。

私は情けなかった。先輩からは注意を受けた。


入社して、一ヶ月半。

そろそろ、自分ひとりで率先して仕事ができるようにならなければいけない時期がきた。

でも、私は相変わらず成長できないでいた。

到達していなければいけないところの、半分にしか至っていなかった。

週の目標は書き忘れてしまうことが多かった。

什器を組み立てて、売り場を作り出すこともできていなかった。

できるのは、商品補充と、売り場の整理。

タイムセールの際の呼び込み。

せいぜい、セールのタグ交換だけ。

私は大いに焦った。初めてする雑貨屋さんの仕事は、思ったより難しかった。特にうちの店は、誰がどの仕事と決まっていない。気付いた人が、自主的に仕事をするというスタイルを取っていた。だから、あれをしてください、という「指示」がないのだ。

それは、私にとって不利な条件だった。

二ヶ月が過ぎようとしていた。年末になり、お客さんがどっと増え始めた。ラッピングの注文も倍以上になった。

仕事は増える一方。

だけど、仕事が思うようにできない私がいた。

その中でも一番こたえたのは、お客様の顔を覚えられないことだった。

私には相貌失認の症状がある。要するに、人の顔が判断できない。

だから、ラッピングでお待ちのお客様を探せなかったり、なじみのお客様に挨拶ができなかったりした。

うちのような小さな店では、なじみのお客様を作ることで客層を広げていく。お客様がお客様を呼び、それを拡大していくことで店の売り上げにつながるのだ。でも、私は顔自体が判別できない。なじみのお客様を獲得するのは、無理に等しかった。

それから、車の免許がないことも、弱点だった。何かあったとき、店にかけつけることができない。加えて、なかなか成長できないこと。仕事をする上で、マイナスのことばかりが増えていった。

年が明け、試験採用の三ヶ月目がやってきた。店長からは、この一ヶ月、しっかり仕事を見させてもらいますと言われていた。

私はできる限りのことをした。苦手な売り場作り。やり直されてもいいから、自分なりに商品を陳列した。

ポップを作っての商品アピール。休憩を返上して、セールタグの付け替えをし、見栄えがいいように、商品をラッピングして飾った。

目標をノートに書くのも忘れないようにした。もちろん在庫出しも積極的に行った。

そんなとき、私は仕事で大きなミスをしてしまった。クレジットカードをきるときに、金額を打ち間違えたのだ。

お客様が帰られたあと、先輩がそのことに気付いた。

でも、時すでに遅し。お客様はショッピングセンターを出られたあとだった。


私は完全にパニックに陥った。

すぐに店の経理に行き、事情を説明してカード会社に連絡をとってもらった。

クレジットカードでミスをやらかすのは、最悪だ。

しかも、手続きが一番ややこしいカード会社のものでミスをするのは最低最悪だ。


本当は自分で最初から最後まで処理をしなければいけないのに、私はそのほとんどを先輩にしてもらった。

ミスはいけないが、そんなこと誰もが経験する。

いけなかったのは、責任を持って自分でその後の処理をできなかったことだ。

言い訳はしたくない。私には、処理をするだけの能力がなかったのだと思う。


私はすっかり自信を失った。

そして、心のどこかで、契約更新はしてもらえないだろうという思いが芽生えた。

結果的に、それは事実となった。

私はその職場を、たった三ヶ月で去ることになった。


無念だ。

契約更新できませんと言われたとき、ここ最近では一番ショックを受けた。

でも、ダメなものはダメ。

そのときは不覚にも涙が出たが、私は前を見ることにした。


雑貨屋さんでの三ヶ月で学んだのは、レジ操作と接客。

それから、何が自分に向かないかということ。

そして、どんなに頑張っても無理なことだ。


それをふまえて、私はまた仕事探しを始めた。

お客様の顔を判別できないなら、覚える必要がないところを探せばいい。

そうアドバイスをしてくれたのは彼だった。

「スーパーのレジはどうだろう?」

彼はそうメールをくれた。

そして、そういう求人は店に直接掲示してあることや、職安のホームページではなく求人情報誌のホームページを探せばいいということも教えてくれた。

それから、新聞の折り込み広告を欠かさずチェックするように言われた。

仕事から帰った私は、早速、広告に目を通した。
お客様の顔を覚える必要のない、スーパーやドラッグストアの求人が出ていないか。
家から徒歩か自転車で通えるところに仕事は出ていないか。
私はくまなく広告をチェックした。

すると。
家から歩いて十分ちょっとのところにあるドラッグストアのレジの求人が出ていた。
なんてタイムリー！
私は早速履歴書を取りに、自分の部屋にかけ込んだ。
そして、翌日には申し込みに行ったのだった。

私はあきらめない！

履歴書を提出しに行った日は、午後から雨が降るかもしれないという寒い日だった。
雨が降り出さないうちに、私は自転車に乗ってドラッグストアへ走った。

イヤーマフラーをしそびれたせいで、耳がチクチク痛んだ。

どうか、この道を毎日通えるようになりますように。

私は祈った。


店に着くと、私は最初に出会った店員さんに声をかけた。

店員さんは、ハキハキとした口調で、「こちらにどうぞ」と、求人担当者さんの所に案内してくださった。

その店は九州を中心に、数多く店舗を持つドラッグストアで、私もよく利用している。

店員さんのキリッとした対応と、品揃えの豊富さ、安さが自慢の店だ。

それから、社員教育が厳しいと有名な店でもある。

私は求人担当の人に履歴書を渡した。どうやら、書類選考があるらしい。それに通ったら面接が受けられる。

連絡は三日以内にもらえるとのことだった。

家に帰った私は、面接の予行練習を始めた。

なぜその店で働きたいか。

ドラッグストアのホームページを開き、企業理念や店のセールスポイントをチェックした。

そして、その企業理念に共感した部分。

店のこういう雰囲気に好感を持っていることなどをメモに書き記した。

感じた将来性。


それ以外にも、聞かれそうな質問を考えて、答えを出した。

こういうときは、雇い主の立場に立ったことがある人の意見も大切だ。

父は、長年、施設長として数え切れないほどの人の面接を行ってきた。

私はそんな父に、「お父さんならどんな質問をする?」と聞いてみた。


父は、「こんなことかな」と、いくつか例を挙げてくれた。

何それ、仕事と関係ないじゃん、という質問もいくつかあった。

でも、父曰く、まったく関係なさそうに思えても、その人の人となりや、自主性、協調性をみるための質問なのだという。

すると、隣で聞いていた妹が、「その質問、面接のときにされた!」と言った。

父は、ほらみろ、とでも言いたげな顔をしていた。

私は父がくれた質問にも答えを用意した。

あとは、スムーズに言えるように暗記して練習をするだけだ。

そして、ひたすら電話を待った。

履歴書を出した翌日は仕事だった。
雑貨屋さんで働けるのは残り二週間。
私は全力で頑張ろうと心に決めていた。

電話は十八時過ぎにかけてもらうようになっていた。
仕事は十八時まで。
仕事場から家まで車で三十分。
途中、携帯に電話が入らないかなと、そわそわした。

が、電話は入らなかった。
家に着き、私は晩ご飯を食べ始めた。
さすがに一日目に連絡は来ないかな。
でも、まだ十八時半過ぎ。
まだまだ、かかってくる可能性は充分ある。

十分経過し、十五分が過ぎ、私はご飯を食べ終わった。

連絡をあきらめ、自分の部屋に行こうとしたとき、電話のベルが鳴った。

受話器を取った母が、「ドラッグストアからだよ」と言った。

私は子機を受け取った。


緊張と嬉しさのあまり、声が震えた。

「では、三十日の朝十時半から面接を行います」

受話器の向こうから聞こえたその言葉に、私は「はい。よろしくお願いします」とハキハキと答えた。

精悍さがその店のアピールポイント。

私の売り込みは、電話の時点でもう始まっていた。


面接まで、十日。

それまでに私がしなければいけないのは、雑貨屋さんでの残り五回の勤務をまっとうすることだ。

辞めると分かって、集中力が続かなくなるかもしれないと心配した。

でも、私はそれまでのどの勤務よりも集中して仕事ができた。

売り場作りも積極的に行った。


せっかく仲良くなった仲間と別れるのは辛かった。

エリア担当のマネージャーからは、いい笑顔を持っているとほめてもらったことがあった。

これから就く仕事でも、その笑顔をいかせたらいいなと思った。

たった三ヶ月の間だったが、身につけたものはたくさんある。

それらを無駄にしないためにも、私は負けずに再就職先探しを続けよう、と思った。


面接を翌日に控え、私は久しぶりに緊張していた。

志望動機を詳しく書いたノートを片手に、私は動物園の熊のように、部屋の中を行ったり来たりしていた。

私は人と話すとき、どうしても声が小さくなりやすい。ここは意識的に、声をハキハキと出す練習が必要だ。


私は、店のどういうところに魅力を感じたのか、したためたものを、何度も声に出して読んだ。

店内が清潔で、みんながイキイキして親切なところ。雑誌に載っていた商品が、その店にだけ置いてあったこと。在庫管理が行き届いていて、顧客満足度が高いところ。

思いつく店のいいところをすべて書き出して、暗記していった。


それから、自分の長所と短所。

学生時代の思い出や、その他にも父が考えてくれた質問の答えをノートに書き込んだ。

そうそう。これまで働いたふたつの職場でどういう仕事をしていたかもまとめた。

最後にもう一度、店のホームページを見て、企業理念や店の特徴などをチェックした。

準備は万端。

あとは、できるだけリラックスして、自分の本来の力を出せるようにすることが大切だ。

面接も三回目を迎えると、だいぶコツが分かってくる。私は翌日着ていくスーツを用意して、早めに床についた。


いよいよ、面接の日がやってきた。

緊張して、朝早く目が覚めるかと思ったが、私はしっかり眠っていた。

我ながら、図太い神経になったものだとあきれてしまう。でも、生きていくにはそれくらいの方がいいのかもしれない。


約束の時間の一時間前に目覚めた私は、軽めの朝食をとり、洗面をすませた。

化粧は十五分。香水はふらなかった。爪も切ったし、髪もはねていない。身だしなみはバッチリだ。

志望動機や自己アピールの復習をしていたら、あっという間に時間が経った。

いざ出陣のとき。私はコートを羽織って、玄関を出た。

とても寒い日だったので、店まで父が送迎をしてくれた。
私は車の中で心を落ち着けると、約束の時間が来るのを待った。
三分前には店内に入り、十時半ジャストに、店員さんを呼び止めた。

私は事務所に案内された。
面接官はエリア長の男性と、年配の女性店員さんが一人。
名前を名乗ると、早速面接が始まった。

一番最初に、志望動機を聞かれた。それから、今までの職務経歴。その次は、長所と短所。
自分が予想していた質問と近いことを聞かれた。私は思いのほかすらすらと答えることができた。

その他に、就業時間のことや、休みの取り方のこと。仕事内容などが説明された。
志望動機とは他に、店についての意見も聞かれた。
これに関しては、たくさん答えを用意していたので、スムーズに回答できた。

最後にこちらからの質問を聞かれた。
以前、職安で模擬面接を受けたとき、質問はできるだけ投げかけた方がいいと教わったので、私は
ひとつだけ思いついた質問をした。

わずか十五分足らずの面接だったが、ベストは尽くせたと思う。

私は深々とお辞儀をし、お礼を言うと、事務所をあとにした。


店を出ると、晴れ間が見えた。

どうかいい結果が出ますように。

私は祈りながら、父の車に乗り込んだ。


今日を含めて三日以内に連絡があれば採用だ。

当日はさすがに電話はならなかった。

私はやきもきしながら、雑貨屋さんでの最後の勤務日を迎えた。


最後の日。

いつもと変わらず朝から大荷物が届き、荷出しにおわれて午前中が過ぎた。

お客様もちらほらといらっしゃったが、いつもより、客足は鈍かった。

ソックスのタイムセールをやったり、ポップを作ったり、セールの対商品の値下げを行ったり。

私は淡々と仕事をこなしていった。


たった三ヶ月しかいられなかったが、同僚とは仲良くなれた。

午後からはぱったりと客足が遠のいたので、私と、私の指導係をしてくれたTさんは売り場整理をしながら少しだけおしゃべりを楽しんだ。

休憩時間には思い出に記念撮影もした。

最後にふさわしく、とても充実した一日だった。


十八時半になり、私は父が待つ駐車場に下りて行った。

三ヶ月、出勤のときは欠かさず迎えに来てくれた父。

父の協力がなかったら、雑貨屋には勤めることができなかったと思う。

本当にありがたかった。


私は車に乗り込むやいなや、ドラッグストアから電話がなかったか聞いた。

返事はノーだった。

私はちょっとがっかりした。

あと一日残りがあるものの、今日かかってこないとなると、採用の期待はやや薄まる。

家路についている間も、携帯電話がならないかどうか気になって仕方なかった。

家に到着したのは十九時過ぎだった。

裏口から出てきた母は、「まだ電話ないよ」と言った。

今度はかなりがっかりした。

なんだか、落ちたような気さえしてきた。


食事中。

湯豆腐をはふはふと食べている間も、テレビ台の隅っこに置いてある電話の子機が気になった。

鳴れ、鳴れ。

そう念を送ってみたが、鳴るわけがなかった。


もうすぐ二十時だ。

今日はもう、あきらめよう。

そう思った時だった。

プルルルル。

電話のベルが鳴った。


こんな時間に電話をかけてくるのは一体誰だろう？

いつもうちに弁当を取りに寄る伯母だろうか？

それとも、近所の人？

もしドラッグストアだったら、お菓子断ちしてもいいです！

私は十字をきった。


「寛子、ドラッグストアから電話ですよ～」

母の声が響いた。

私は勢いよく立ち上がって、台所を出て行った。


電話をかけてきたのは、店長さんだった。

そして、採用だとおっしゃった。

私は上ずった声で「よろしくお願いします！」と、元気よく答えた。


初出勤は一週間後。

許可されている服装や、裏口からの入り方などを聞いて、私は電話を切った。

受かった！

受かったのだ！

私は喜びでうち震えていた。

〈第五章〉

一人の社会人として、現在と未来を生きる

毎日精進

二月六日。ドラッグストアに初出勤する日がやってきた。

私は丸襟の白いブラウスと、黒のコットンパンツをまとい、家を出る準備をした。

店までは自転車で五分と少し。

でもその日は雨が降っていて、とても寒い日だった。父が店まで車で送ってくれることになった。

勤務時間は夕方十六時四十五分から、閉店までの四時間半。一番店が混む時間帯だ。

そのせいか、時給はとてもよかった。

勤務は月に二十日前後。以前働いていた雑貨屋さんよりも一週間近く多かったが、四時間半と短いので何とかなるはずだ。

私は鏡でメイクを確認し、髪の毛を整えると、コートを羽織って車に乗った。

店にはあっという間に着いた。私は商品の搬入口の脇にあるチャイムを押した。

しばらく待っていると、ドアが開いて、中から店長が出てきた。

「入り口、すぐに分かりましたか？」

「はい。今日からよろしくお願いします」

私は深々と一礼をして、バックヤードに足を踏み入れた。


休憩室に案内されると、まず、制服を渡された。

イエローのシャツとグリーンのエプロン。

それから、ネームプレートももらった。

ロッカーに荷物を仕舞っていると、これから同僚になる女性が休憩室に入ってきた。


「はじめまして」

彼女は、明るい笑顔で声をかけてくれた。

すごく感じのいい笑顔だった。

ハキハキした声が休憩室に響いた。

「はじめまして。これからよろしくお願いします」

私も負けずに、元気のよい声で挨拶をした。


休憩室でしばらくおしゃべりをしていると、もう一人女性が入ってきた。

「こんにちは」

「こんにちは。今日からお世話になる藤家です」

Wさんは控えめな感じだ。去年の十一月に入社したばかりらしい。


三人で用意をしていると、タイムカードを打刻する時間になった。

私は先輩二人の後ろをついていった。

打刻はパソコンを使ってするようだ。だから、店内に一度入らなければいけなかった。


制服を着て店内に入る。

私はもう、この店の店員なんだ。

ドアをすり抜けるとき、緊張で一瞬体が強ばったが、バックヤードの薄暗い明かりの下から、店内の明るい照明の下に出た私は、すんなりと「いらっしゃいませ、こんにちは」と言葉にすることができていた。

自分でも不思議だった。

まるで、うんと昔からここで働いていたかのように、涼しい笑顔をして、いらっしゃいませが言えたのだ。


打刻をしたあとは、もう一度バックヤードに戻って夕礼をした。

接客六大用語の唱和に、厳守事項の唱和。

伝達事項の確認。

それらを済ませたら、いざ店に出るのだ。

初日は夕礼のあと、私は店舗責任者のHさんの指導のもと、ビデオ学習をした。


噂どおり、店の決まりごとは厳しかった。

接客の方針も、極めて丁寧で、自分に務まるだろうかと心配になった。

でも、まだ経験していない未知のエリアだから、こんな風に不安になるのだろう。

きっと、毎日続けていれば、私にもできるはずだ。

私は大丈夫、大丈夫と自分に言い聞かせた。


ビデオ学習が終わると、次はいったん店に出て、レジの練習をした。

ドラッグストアが導入しているレジは、いたって簡単だった。

お金は自動で入っていくし、つり銭も正しい額が自動で出てくる仕組みになっていた。

だから、つり銭を多く渡したとか、少なく渡したとかいう失敗は、きっとない。

こういうレジを使うのは初めてだった。


お客様がレジに並ばれたら、「いらっしゃいませ、こんにちは」と言う。

それから商品をスキャンして、金額が出たら「○○円のお買い上げでございます」と伝える。

お金を預かったときは、「○○円、お預かりいたします」。

おつりを渡すときは、「○○円のお返しでございます」。

かける言葉のひとつひとつが決まっていた。雑貨屋さんの時と比べて、かなり丁寧な言葉かけだった。


ひとつひとつのレジ操作は、最初からきちんとできた。

Hさんも、「レジ経験があるだけあって、ちゃんとできていますよ」と言ってくださった。

すぐにでも一人で務まりそうだったが、しばらくは二人体制でレジ台に立つ方がいいだろうということになった。

というのも、お客様がひっきりなしに、しかも大量に品物を購入していかれるからだ。

一人だけ並ばれているなら、私にも務まるかもしれない。

でも、そういう状況は少ないのだ。


実際、レジを見てみると、常に三人近くの方が、カゴいっぱいの荷物を持って立たれている。

要するに、切れ間なしなのだ。

しかも、私が働く時間帯は、店が一番忙しい時。

サッカーもしなければいけないレジ担当の仕事をたった一人でこなすのは、確かにもう少し慣れてからのほうがよさそうだった。

その他にもいくつか、レジの仕事内容を教えてもらい、その日、残りの二時間ほどは、商品整理の仕事をした。

それまで八時間労働をしていたから、きっと四時間半なんてあっという間に過ぎるだろうと思っていたが、とても長く感じた。

退勤の打刻をしたあと、終礼をすませ、私は家に帰った。


翌日も出勤だった。

今日は、先輩と二人でレジ台に入り、サッカーをすることになっていた。

少量の荷物なら、レジで袋詰めをする。

もし、あまりに大量だったら、袋をわたし、「恐れ入りますが、袋詰めをお願いいたします」とひと言添え、サッカー台まで荷物を運ぶことになっていた。


先輩のOさんが、手馴れた手つきでレジを通していく。

私はそれを横目でチェックし、スキルを学びながら、袋詰めを行った。

その日は、お客様が多い曜日で、レジ台に立つなり、怒涛の勢いでお客様が行き交われていた。

絶え間なく繰り返す、「いらっしゃいませ、こんにちは」と、「ありがとうございます。またお越しくださいませ」の挨拶。

大きく、元気な声を出すので、二時間も経った頃には、頭が痛くなり始めた。

そんな中、私は先輩と交代して、レジを打つことになった。

お客様が並ばれた。

私はできるだけ笑顔を作って、挨拶をした。

商品をレジに通すと、ピッ、ピッと軽快な音がした。すべてを通し終わったら、小計を押す。値段が出た。私はお客様に値段をお伝えした。

お客様が財布をごそごそさせながらお金を取り出す。私の心臓はドクドクと波打っていた。

お客様から代金を預かると、レジに収めて、現計ボタンを押した。

レジは勝手にお金を計算する。しばらくすると、おつりが自動的に出てきた。

私はそれをお客様に返した。


なんとかできた～。

私はホッと胸をなでおろそうとしたのだが、そういう間もなく、次のお客様がいらっしゃった。

今度はすごい量の商品がかごの中に入っていた。

目に入った商品の量に、一瞬パニックを起こしそうになったが、冷静を保ってレジに打ち込んでいった。

隣には先輩。大丈夫、私ならできる。そう繰り返し、自分に言い聞かせた。

「なんだか、全然大丈夫ですね」

Oさんがそう言った。

「そんなことないですよ。内心、焦りまくりですから」

私は顔をクシャっとゆがめて答えた。

「挨拶の声もすごく出てるし、その調子で頑張りましょう」

なんだか、すごくうれしかった。

焦らず、できるだけ素早く。そして丁寧に。

医薬品を購入される際には、「ご説明はよろしかったでしょうか？」と尋ねなければいけない。

もし、「いいよ」と言われたら、説明不要のバーコードを読み取る。

やらなければいけない作業は、なかなかたくさんあって、しばらくは目が回りそうだった。

いくつか数をこなしたところで、先輩が改善した方がいい点を挙げてくれた。

例えば、買い物かごをレジ台に横に置くと、次のお客様が乗せられないから、縦に置くように癖をつけたほうがいいということ。

タバコを購入される際は、一回品物をお見せして、間違いないか確かめた方がよいということ。

他にもいくつか教えてもらった。

数え切れないくらいのレジ操作をして、その日は仕事が終わった。

二月九日。一日の休みを挟んで、私は出勤した。

今日も先輩と一緒にレジに入る。

出勤の打刻がすむと、いつものように夕礼が始まる。連絡事項を確認して、すぐさま店に出た。

最初の日に比べると客足は少なかったが、それでもやっぱり一番混む時間帯。お客様はひっきりなしにやってきた。

地元で働いていると、少なからず知っている人がやってくる。そういうのは苦手だ。

でも、声をかけてくれる知り合いの人に、私は感じよく挨拶ができていた。

昔の私なら、そういう状況になるような仕事は、初めから選ばなかっただろう。

でも、生活費を稼ぐためには、いやなことでも乗り越えていかなければいけない。

少しは社会人らしくなったなと、自分でも感心した。


二時間くらいした頃。先輩が店内マイクで呼び出された。

「ちょっと行ってきますね」

私は焦った。ということは、レジには私一人？

ふり返ると、もう二、三人のお客様がレジに並ばれている。


仕方ない。

教わったことを活かして、ここは一人で乗り越えなければ！

私は深呼吸をして、商品をレジに通していった。

思ったよりスムーズにこなすことができた。

レジを通すのに必死で、ほとんどのお客様に袋詰めをお願いしたが、なかなかうまくやれたと思う。


しばらくすると、Oさんが戻ってきて、「すいません、私抜けますね」と言った。

一瞬、目が点になった。

閉店までの残りの時間、たった一人でレジ業務をやるの？

私は不安になった。

「大丈夫。何かあったら、マイクで呼び出してください」

私はマイク操作を習って、先輩を送り出した。


しばらくは二人体制じゃなかったの？

グルグル。

不安と戸惑いが頭の中を駆け巡った。

でも、腹をくくるしかない！

私はぐっとお腹に力を入れて、しっかりした手つきで商品をスキャンしていった。

あと十五分で閉店だ。

もう少し頑張れ！

背中に汗をびっしょりかきながら、私は残り時間を確認した。

十分。

五分。

確実に時間は減っていった。


閉店間際になって、男性のお客様が入店された。

残り一分なのに、余裕の表情で店内をうろうろ。

閉店時刻を過ぎても、悠長に商品を物色していた。

五分くらい経ち、そのお客様がレジに立たれた。

私は、何事もないかのようにレジを打った。


本当は、気になっていた。

自分なら、閉店すれすれの店に入って買い物なんてできない。

閉店時刻はきっちり守る。

なんだか、決まりごとはしっかり守らないと気がすまない自閉っ子気質が、むずむずしていた。

最後のお客様に挨拶をして、私は「店舗チェックお願いします」をコールした。

オーケーが出ると、閉店だ。

四時間半の勤務が終わった。

一人でレジをやったこともあって、疲れは二倍だった。


閉店後の作業をあれこれやっていると、先輩のOさんがやってきた。

「一人でどうでしたか？」

「はぁ。かなり焦りましたが、何とかできました」

「よかった」

Oさんは満面の笑みを返してくれた。

「店長が、藤家さん、もう一人でもできそうだからって言って」


何？

私は驚いた。

店長の指示だったの？

緊張が解けて、背中の汗が気になった。

なんだか寒かった。

一人での作業は大変だった。
余裕なんて全然なかった。
でも、店長は遠まきに私を見ていて、一人でも大丈夫そうだと判断したっていうこと？
不思議な感じだった。
信じられなかったのと、妙な達成感。
自信が少し。

当分は二人体制でと言われていたのに、レジ二日目でもう一人？
それって、認めてもらっているということ？
じわじわと喜びがわいてきた。
まだ上手とはいえないが、ちゃんとできているんだ。
自然と笑顔になった。

その日から、最初の一時間は先輩と一緒に。
そのあとは閉店まで一人でレジに立つことになった。
一人で任せられている。
それはどんな誉め言葉をもらうよりうれしかった。
私が常に目指していた「即戦力」になれているんだ！

すごく自信がついた出来事だった。

生きがいをもつ

多いときで週に五回。
月に換算すると二十日前後。
一日、四時間半とはいえど、出勤日数は前の雑貨屋さんよりも多い。
早いもので、入社してから一ヶ月が過ぎた。
あれ以来、私は常に一人でレジに立っている。

店には一日、約千二百人のお客様がいらっしゃる。
朝、昼、晩の三つの時間帯で割ったとしても、四百人。
大体、最初の二時間は三つのレジを開放している。
だから、一人で百人以上の人数のレジ処理をしていることになる。

声は出しっぱなし。
笑顔も作りっぱなし。

極めて感じのよい応対を心がけて、四時間半を過ごす。
お客様の列はあまり途切れなくて、本当に、休む暇は一分とか二分しかない。

他にも、レジには大事な仕事がある。
おすすめ品をお客様におすすめすることだ。
よくやるのは、ドリンク。
値段が安くて、かつ効き目がいいのをおすすめしたりする。
それ以外にも、新商品の紹介もしなくてはいけない。

今の季節だったら、スキンケア効果のある日焼け止め。
ちょうど予約を取っているところで、各時間、三十人は声かけが必要だ。
でも、なかなかうまくタイミングがつかめなくて、毎日、試行錯誤している。

今はひとつでも多くの商品を覚えることに励んでいる。
苦戦しているのは、タバコの名前だ。
マイルドセブンだとか、セブンスターだとか、有名なものは聞いたことがあったが、うちの店は
四十種類くらいの数のタバコを扱っているから、大変だ。

フィリップモリスって、何？

ピアニッシモって、どれ？

お客様にたずねられるたびに、頭の中が混乱するのだった。

とはいえ、新人のチェッカーとしては、思いのほかよく頑張れているようで、この間も、おすすめ品のドリンクを一箱お買い求めいただくことに成功して、店長からお褒めの言葉をかけてもらった。


店長は一歳年下だ。

すごく面白くて気さくなので、みんなから好かれている。

店舗責任者の女性も明るい。

そして、とにかくみんな、仲がいい。

うちの職場環境は、すごく恵まれていると思う。


三月に入ると、新しい学生パートさんが入ってきた。

高校生でなくなって、まだ数日だという。

今年で十八歳だと言っていた。

あまりの若さに驚いた。


肌はピチピチで、なんというかハリがすごく、天然の光沢があった。

年頃の肉付きのよい頬が可愛くて、若いっていいなと思えた。

自分は十八の頃、どうだったっけ？

思わず遠い目になった。


十八の頃は人生のどん底にいて、こんなに楽しい日が来るとは夢にも思っていなかった。

いや、思い描いてはいたけれど、所詮、空想の中でしか叶わない生活だと思っていた。

でも、振り返っても苦しくはならない。

いつも一生懸命だったから。

それなりに、いい思い出になっている。


十八歳の若さには憧れるが、でも、私は三十二歳の今のほうが幸せだ。

仕事を頑張って、休みの日には彼とデートだ。

このごろ、夕飯といえば回転寿司ばかり。

私のリクエストに、彼は毎回付き合ってくれる。


通いなれたいつもの回転寿司屋ではどうやら顔を覚えられたらしく、この間行った時、入店時の説明をついに省かれた。

そのことを笑って話しながら、私はお気に入りの「炙りチーズサーモン」を注文した。

一皿に二貫。

最近の私は、五皿以上食べられるときがある。


彼は車が好きなので、ドライブをすることが多い。

海や山に連れて行ってくれる。

もちろん、ウインドー・ショッピングにも行く。

おうちで映画を見るのも楽しい。

そこにはもれなく犬が一匹ついてくるけど。


彼とはあまり好みが似ていない。

そのせいか、笑いのつぼも違う。

彼は知らないだろうけど、何で今笑ったの、と思うことがよくある。

彼が可愛いねという芸能人は、「?」なことが多いし、実はあまり好きじゃない人だったりすることもある。


私が好きな映画は見てくれないのに、彼の好きな映画は、知らないうちに見させられていることが多い。

「戦国自衛隊」を何回も見せるくせに、私の好きな映画は、「セブンティーン・アゲイン」を一度見てくれただけ。

ほんと、それだけ。

このことを私が不服に思っているなんて、きっと彼は気付いていない。


スピッツだって聴いてくれない。

本当は、大好きな彼らの曲の中から、二人の曲を見つけたかったのに。

現実は、モノブライトの「踊る脳」が思い出の曲だ。

これはちょっと、ムードに欠ける。

いかんな、と思っている。


二人の相性はいいほうだと思う。

メールをしていて、気持ちの行き違いが発生することもあるけど、この二年ちょっとの間、大きなケンカは数える程度だ。

それは、彼が私の障害を理解してくれているからだと思う。

彼が打ってくる文字たちに、私が間違った解釈をしたら、彼はわかりやすく説明してくれる。

気分を悪くしても、いつも許してくれるのだ。


私は彼とお付き合いを始めるとき、ひとつだけお願い事をした。

それは、ケンカをしたら説明してほしいということだ。

私は推測するということが、ひどく苦手だった。

今も得意ではない。

だから、彼の気持ちを察することができない。


なぜ怒っているのか。

何に腹が立ったのか。

私が傷つくことでも、正直に話してほしいと頼んだのだ。


実際に腹が立っているときに、なぜ怒っているか説明しろといっても、そう簡単にはできないだろう。

怒りの方が先に来て、それどころではないらしい。

でも、時間が経って、少し冷静になったら、彼は必ず丁寧に説明してくれた。

彼が腹を立てていることに、傷つくこともあった。

でも、理由が分かった安心感の方がいつも大きかった。

今の私が、こんなに安定しているのは、彼という存在があるからだと思う。

彼と関わることに不安がない。

彼のことを知っても、関係を投げ出さない自信がある。

いやなところも受け入れられる。

好きなところは、いちだんと好きになったりする。


今まではなかなかできなかったことだ。

人と関わりすぎると、姿をくらましたくなっていた私。

そのせいで壊れた関係がいくつかあった。

昔は人と関わることで生まれてくる感情を処理しきれなかった。


二つの相反する感情が芽生えると、ひどく混乱していた。

好きだけど嫌いなところもある。

そういうのは、恋愛において、常に発生する感情だ。

だけど、私にはその二つが共存しえるということが理解できなかったし、ありえないと思っていた。

自分は感情がコロコロ変化する、定まらない生き物だと思っていた。

そのうちに、感情のブレが苦痛になり、相手との関係性を絶ってしまうことが多かった。

そんな私が、普通に恋をしている。

周囲の人は、そのことに驚き、そして喜ぶ。

のろけも甘んじて聞いてくれる。

そして、しみじみ、人生を勝ち取ったことをたたえてくれる。


私がアスペルガー症候群だと判明して、月日はまだ、十年にも満たない。

本当の意味での健康を取り戻して、たった四年だ。

その年月を長いとみるか、短いとみるか、人によって違うだろう。

私にとって、ここ数年は、瞬く間だった。


人生に見放されていた二十数年間の日々があるからこそ、一時も無駄にしたくない。

私には、常にそういう思いがある。

だから、仕事も恋も全力投球。

毎日は、とても充実している。


生きがいを持って生活するって、こんなことかもしれない。

私は最近そういう風に考える。

生きがいって、何も特別なことじゃなくていいのだ。

生活費を納めるために仕事を頑張ることや、恋の相手を喜ばせたいと思うことでいいんだと思う。

ほんの数年前まで、二次障害の塊で、引きこもっていた私は、もうどこにもいない。

本当によく頑張った。

近頃、ようやく、自分で認められるようになった。


もちろん、自分ひとりの力でここまできたわけではない。

私には味方になってくれる人がたくさんいて、かなり恵まれていたと思う。

人生はとてつもなくツイていないかったけど、私は強運だった。

私がやったのは、運を必死につかむこと。

味方してくれる人が応援したくなるように、どんなときも一生懸命だったこと。

愛想を尽かされないように、真剣な姿勢で自分の障害と向き合ったことだった。

決して人のせいにせず、障害のせいにもせず、できるようになりたいことにはストイックに取り組んだ。

世の中は甘くない。

立派にでなくてもいいから、一人でも生きていけるようになる。

目標をちゃんとすえて、達成を目指して一日一日を丁寧に生きた。


そして証明した。

人は変われることを。

障害を抱えていても、自立できることを。

まるで治ったかのように改善することを。


本当は、こんなによくなったことが不安でたまらなかった。

世間には、根強く修行否定派の皆さんがいらっしゃる。

医者の中にだって、頑張る必要がないと説く人が多い。

そんな中で、ここまで改善した私は、アスペルガーではなかったんだよと言われるかもしれないと思っていた。

たまに、「藤家寛子は境界性人格障害」というネットの書き込みを目にすることがあった。


でも、もし、万が一、そういう風に言われても、私は気にしないだけの強さを手に入れた。

私にとって、自分がアスペルガーかそうでないかは、もうそんなに重要ではない。

自分の特性は熟知できているし、どういう生き方が合っているのかが分かったから。

今はこう思う。

どんな障害を抱えていようと、自分が満足できる生き方を送れるようになりたい、と。

生きにくさを抱えていても、多くの定型発達の人のように、人生を満喫する方法がある。

どんなにどん底からでも、這い上がりさえすれば、キラキラと輝く太陽の下で生活できることを伝える。

それが、私に与えられた新しい使命なのではないかと考えるようになった。

私が回復したのは、それを多くの人に伝えるためかもしれないのだ。

異変

ドラッグストアで働き始めて一ヵ月半が過ぎようとした頃、私は体調に異変をきたした。

悪夢を見続ける日々が増え、中途覚醒の回数も増したのだ。

どうしたことだろう。これまですこぶる調子よく進んでいた日々。それが、少しずつ狂い始めた。

まず、就寝前の薬がよく効かなくなった。入眠までに時間がかかり、夜中の三時過ぎに目が覚める。

寝ては覚めを繰り返すので、熟睡ができなくなった。この悪循環の影響は、仕事に差し支えた。

眠りの質が低下したせいで、頭がボーっとして、うまく集中できなくなった。そして、メニエールの発作に似ためまいが、私を襲うようになった。

私は恐怖を感じた。

健康になってから、具合が悪くなることに対しての免疫が下がったようだった。

体調不良のせいで、発熱することも増えた。自律神経の働きが、急に悪くなったように感じられた。

でも、仕事は休めない。

なんでも、店は今、最低人数で営業をしているらしかった。

だから、一人でも人員が減ると、誰かが時間外労働をしなくてはいけないのだった。


相変わらずお客様はたくさんいらっしゃる。

新人さんが来て以来、私の仕事はにわかに増えていた。

レジだけでなく、一時間ごとの駐車場とトイレのチェック。冷凍食品売り場の温度チェック。

閉店一時間前には掃除をしなければいけなかった。


それらと平行しながら、レジ開放の呼び出しがかかったときは、レジに戻らなければいけない。

ここ半月ほどは、時間に追われ、レジ開放のベルに追われ、息つく暇がなかった。

そんなとき。久しぶりに発症したストレス症状。

その原因は、他でもない、忙しすぎる仕事だった。


仕事だけでなく、働いている時間帯にも無理があったようだ。

仕事開始は夕方から。

つまり、夜間の仕事が、徐々に疲れを蓄積させていたようだった。

夕飯は取らない日が増え、不規則な生活が続いた。


仕事から帰り、しばらくボーっとして、風呂に入る。

あれやこれや、やることを済まし、さあ寝ようとなると、毎日、深夜一時は過ぎてしまう。

そんな状況で、不安定になった睡眠のリズム。

なかなか取れない疲労感。

疲れを抱えたまま仕事に行き、だんだんそれが大きくなっていった。


どうしたらいいんだろう。

私は悩んだ。

仕事は実際のところ大変だった。

夜の四時間半勤務は、日中の八時間勤務に匹敵する忙しさだった。

でもまさか、仕事がストレスになっていたなんて。


仕事が忙しすぎて体がついていかないなんて、誰もが体験することだ。

みんな、それを乗り越えながら頑張っている。

私は自分に言い聞かせて、仕事を続けた。

はじめは隠せていた体の異変だが、次第に周囲の人が気付くようになった。
具合が悪いのと聞かれたり、顔色が悪いよと言われたりすることが増えた。

体調不良の一番の原因は、やはり睡眠のリズムが崩れたことにあるだろう。
彼岸の頃は、毎日のように中途覚醒を繰り返し、悪夢にうなされていた。
悪い夢は、なぜか学校の頃のことばかりだった。
なぜ、今になって学校の夢を見るのだろう？
不思議でたまらなかったが、思い当たることがあった。

それは、店に来るお客様の中に、同級生や知り合いが多いということだった。
私がすっかり忘れていても、同級生だという人が声をかける。
声をかけられると、無視はできない。
瞬間的に、記憶の引き出しが開き、過去が検索され始める。

ひどく苦しんだ学生時代

ドラッグストアに勤め始めてから、封じ込めている過去が、度々思い起こされる機会が増えていた。

悪夢を見るのはそのせいだったのだ。

地元で働くと決めたとき、多くの知り合いに会うかもしれないということは覚悟はしていた。

でも、若干のフラッシュバックを引き起こすことになるとは予想していなかった。


私は主治医に相談することにした。

果たして、このまま今の仕事を続けても精神的に大丈夫なのか。

そして、とり急いで、就寝前の薬を増量してもらった。


以前なら、弱みを見せたくなくて、両親には黙っていたと思う。

でも、今の私たち家族の信頼関係は、とても良好だ。

私は、仕事で体に無理が来ていることを打ち明けた。

昔の父なら、問答無用で仕事を続けることを強要しただろう。

理由を聞くとか、なぜそんな発言に至ったのかを考えるとか、そういうことは皆無だった。


父にわけを話すと、自分の体のことを優先すべきだと言ってくれた。

私が少しずつ疲れを溜め込んでいることに、父は気付いていていた。

そして、しばらく休養してから、また仕事を探せばいいのではないかと提案してくれた。

それを聞くと、私はなんだかホッとした。そして、少し心に余裕が生まれた。

不思議と、もう少し、今の職場で頑張ってみようという気持ちになった。

とりあえず、私が無理をしつつあることは伝えた。

あとは、焦らず状況を観察していけばいいという気になった。


そういう気持ちになれたから、その日は眠れるかな、と思った。でも、そうはうまくいかなかった。

またもや中途覚醒。しかも、そのあと、結局朝まで眠れなかった。


翌日、私はひとまず、職安の求人を検索してみた。

結果はいまひとつ。なかなかいい求人は出ていない。

地元で探した、たった数十件の結果はひどいものだった。


私は再び途方に暮れた。また、不安になった。

条件の厳しい求人結果を繰り返しチェックしていると、その中に、ある会社があった。

幼稚園から中学校まで一緒で、最近、交流が復活した同じ年の男の子が働いている会社だった。


Yくんは頼りがいがあって、お兄さんみたいな人だ。物知りだし、頭もいい。

私は思い切って、彼に相談してみることにした。

まずは、彼が働いている会社の求人が出ていることを切り出した。そして、その求人について聞きたいことがあるとメールをした。

Yくんは忙しくても必ず返事をくれる。私はゆっくり待つことにした。

その日の晩、メールは返ってきた。

彼は正直に、私がそこで働くのは無理っぽいことを伝えてくれた。

田舎の強烈なおばちゃんの中で私が働いていけるかどうかは、自分でも無理だろうなと思っていたので、さほど彼の返事にショックは受けなかった。


私は、今、自分が置かれている状況を彼に説明した。

彼は転職経験がある立場で、私の相談にのってくれた。

どうしても、体力が限界だなと思ったときに、上司にかけ合ったらとアドバイスをしてくれた。

それまでは、辛抱だと。

そして、こんな言葉をくれた。


適度に fight～。

適度に愚痴る。

たまにはさぼる～。

こういう的確なアドバイスをくれる友達がいるのは、ありがたいことだ。

もう少し続けてみようと思っている私の背中を押してくれたような気がした。

私は求人検索をして、無駄に焦るのをやめにした。

そして、午前中の仕事に変えてもらえないか、相談してみることを思いついた。


決して会社が嫌いなわけではない。

仕事がいやになったわけでもない。

できれば辞めたくない。

妥協案として、時間を入れかえてもらえないかどうか、訊ねるだけはタダだ。

もしダメだったら、またそのときに考えればいい。

私はYくんが導き出してくれた答えを抱えて、その日、久しぶりに朝まで眠ることができた。

踏ん張りどころ

新年度が始まった。

私が一般就職して、一年の歳月が流れた。

その月日はなかなか激動だった。

母は、その疲れがいつ出るのか心配していた。

相変わらず、私は自分の疲れを把握するのが下手だった。


一年の間、目立って出ることのなかった疲れは、ここ最近噴出しているようで、眠りのサイクルが狂ってから、フラッシュバックが再発し、とうとう膀胱炎まで発症してしまった。

熱が出たり、吐いたりして、久々に不安定な毎日を送っていた。

私は仕方なく、一日だけ仕事をお休みした。

スポーツ用品店で働き、雑貨屋さんで働き、一度も休んだことがなかった記録は、ここでついに途切れた。


一度休んでしまうと、疲労困憊している体を支えている気力が失われてしまい、そのあと、仕事に出るのが途端にしんどくなった。

たった四時間半のレジ作業が、とてつもなく大変に感じた。

閉店作業にも力が入らない。

そういう時にかぎって、お客様はたくさん来店される。


メニエールからくる吐き気がひどく、そのあと、私は一回だけ早退をさせてもらった。

このまま、前のように弱ってしまうのだろうか?

私はとても不安だった。

食事も思うように喉を通らない。

就寝前の薬は、どうも相性の悪いものを増やされたようで、悪夢と眠れない日々が続いた。

しばらくぶりに気分は下降。

でも、ここですべてを投げ出すわけにはいかない。

私は自分を奮い立たせて仕事に出た。

必ず、逃げ延びる道はあるはず。そう信じて。


私は、店長に事情を話し、仕事の時間帯を変えてもらえないかどうかを相談をした。

店長は、エリア長に相談してみるとおっしゃってくださった。まったくダメというわけでもなさそうだった。


生活が規則正しくなれば、体調も回復するはず。そうすれば、仕事もしっかりやれる。

私は、朝パートに移れることに期待し、気持ちを持ち上げた。

そうやって、なんとか仕事に出続けた。

普段は三連勤。長いときは四連勤。

体はクタクタだったが、ドラッグストアを辞めずにすむかもしれない可能性にかけ、私は仕事に励んだ。

前向きな気持ちのおかげで、精神的にだいぶ回復してきた。

膀胱炎も早めの対処が功をそうし、一週間もしたらおさまった。


我ながら、パニック回避がうまくなったと思う。

以前なら、何かトラブルが発生すると、頭がいっぱいになって、すぐさま結論を出そうと必死になっていた。そうしなければ、具合が悪かった。

ひとつのことしか考えられず、一方向からしか物事を見れなかった。

今回のことだったら、すぐに店をやめる、としか思いつかなかっただろう。

人に意見を求めることもしなかったし、そういう手段があると思いつけなかった。

頭の回線がすぐパンクして、通信不能になっていた感じだった。


ところが今はどうだろう。

今回はまず、親や友達に相談をした。

仕事を続けるか、辞めるとして転職を考えるか、どちらにしてももっと情報が必要だと感じた。

すぐさま答えを導き出さなくても、ゆっくり考えようと思うことができた。じっくり考えた方がいい結果が出ることは経験から学んでいた。

なんだかビックリだ。

今までなかった神経回路が生えたみたいだった。頭の中で考えた情報が、きちんと脳に伝達されている。

これまでだったら、何かを考えても、神経が、もつれた刺繍糸みたいになって、うまく伝わっていなかったのに。

どうなっているんだろう。

でも、とにかく、いい傾向だ。

私の特性は、かなり改善され、発達をとげている。

これで、仕事さえうまくいけば完璧だ。私はエリア長から返ってくる答えを、辛抱強く待つことにした。


膀胱炎が終息した頃。今度は風邪をこじらせた。悪寒がし、高熱が出た。とにかく具合が悪く、食欲もなし。

私は仕方なく、再度、仕事を休んだ。


久しぶりに、何もかも投げ出したい気分になった。

おまけに、彼とはケンカ。私が実家に戻ってから遠距離恋愛になった私たちの関係は、たまに、こじれることがあった。

私たちの間には、ひとつだけ意見の相違があった。

会えなくても心がつながっていればきっと大丈夫だと思う私と、会えなければ意味がないという彼。

ケンカになるたびに、私の心は折れそうだった。メールでは彼の表情が見えない。声のトーンも分からない。

時々、怒りをダイレクトにぶちまけてくる彼のメールが、私は怖かった。


好きだから。

だから、会えないと精神的に辛すぎてもたない。

彼はいつもそう言っていた。

その延長線上に別れがあることも、たまににおわせた。

遠距離恋愛になって五ヶ月。

きっと、もっと距離のある恋愛をしている人は、この世にたくさんいるはず。


私だって、離れているのは得意じゃない。

だけど、彼にはとてもしんどいことなのだろう。

私には、彼のそういう考え方が、あまり理解できなかった。

好きだから、頑張ろうと思えるのが私だった。

でも、彼は本当に辛いのかもしれない。

世の中には、理解できなくても、起こってしまうことがあるのだと、私は自分に言い聞かせた。

その後、新たに違う種類の薬を増量することで、私は眠れるようになった。

ドラッグストアのお客様の中の、知っている人の割合が減ったためか、フラッシュバックの発作もおさまってきた。

眠りのサイクルが戻ると、風邪も治り、徐々に回復していった。

彼がよこしたメールに、大げさに反応することもなかったためか、いつの間にか仲は元通りに戻っていた。

こうして、平穏な毎日がかえってきた。

浅見さんは、仕事は縁のあるところで頑張ればいいと教えてくださった。

その教えがあったので、今回のように、仕事ができなくなるかもしれないという事態になっても、ひどく動揺して取り乱したりしなかった。

できれば朝パートにチェンジさせて欲しいことを伝え、辛抱強く返事を待つことができている。

本当に、今のドラッグストアに縁があれば、時間帯を変えて、働き続けることができるだろう。

できなければ、またそのとき考えればいい。

それから、付け足して、こういう問題は、誰もが体験することだと教えてくださった。

ただ、発達障害の私は、人より少し体調の面に気を配らなければいけないだけだ。

何も焦る必要はない。

慌てる必要もない。

私は平常心を取り戻し、週明けからまたいつものように仕事に出た。


お花見のシーズンを本格的にむかえ、お客様の数はいつも記録更新。

その分、レジの仕事は忙しく、ハードな毎日だった。

日が長くなるのにあわせて、来店時間は遅くなる方が増え、閉店時間を過ぎてもまだいらっしゃるということが毎度のようにあった。


うちの店舗はこの四月から統合エリアが変わるので、当然エリア長も変わられた。

新入社員の方も一人増えた。

つまり、変化がとても多い春だった。

店長や店責が多忙なので、店の中自体もザワザワとしていた。


そんな中で、店に残れるのかそうでないのか、返事を待つのはとても辛かった。

すぐさま答えが欲しかった。

でも、店にも都合がある。

世界は私を中心に回っているのではない。

どんなに心地が悪くても、我慢しなければいけないときがある。気持ちの悪さを押し殺して、仕事をしなければいけないこともある。それが、社会のルールに従って生きていくということなのだと思う。

朝パートに移れると返事がきたのは、それから間もなくのことだった。

新しい人間関係

仕事をする上で、同僚に恵まれるかそうでないかで、楽しさは違ってくると思う。

私はこれまで仕事を探すのはとても苦労したけれど、同僚や先輩にはすごく恵まれている。スポーツ用品店でも、雑貨屋さんでも、今のドラッグストアでも、いい人ばかりが周りにいる。

これまで二つの職場をあとにしたが、そこで付き合いのあった人とは、今でも親しくしている。佐賀市内に出かけるときは、時々スポーツ用品店に足を運ぶ。

当時の先輩たちは、気軽に声をかけてくれるし、店以外でばったり出会ったときも、呼び止めてくれたりする。

今現在、直接の関係はなくなっても、それまで築いた関係があるのだ。

私が働いていた半年間の間に構築した絆もある。

だから、街で会ったら立ち話をしたりするし、元気でやっているという近況報告を喜んでくれる。


同僚じゃなくなったら、忘れ去られてしまう。

これまでの私なら、そう思っていただろう。

その人の存在を消す。

自分の記憶から抹消。

築いた関係性も、すべてなかったことにする。

それが、私の記憶の処理の仕方だった。


だから、いったん関係がなくなると、道で会っても無反応だった。

話しかけられても会釈して去っていた。

だって、もう何の関係もない人だ。

昔の知り合い、という解釈の仕方は知らなかった。

私を無礼なやつだと思っている昔の知人は多い気がする。


なぜそういうことになったか。

今なら分かる。

私には、過去に築いた絆という見えない関係性が、うまく理解できなかったのだろう。

それから、過去に関係あった人をそのまま残していたら、知り合いが山のようになる。

誰が誰で、どこの人。

誕生日はいつで、血液型はどれ。

知り合いについて、そういう情報が完璧に把握できない数になると、不安を感じていた。


頭の中に、そんなに大量に情報の引き出しはない。

だから、関係がうまく見えなくなる人については、どんどん消し去っていかないといけなかった。

そういうわけで、何もかも抹消してしまっていたのだと思う。

だからといって、そんなにうまく忘れ去れるわけもなく、顔を覚えている昔の知り合いに遭遇するたびに、かんしゃくを起こしそうになっていた。


他人がどうしているかなど、考えも及ばなかった。

長らく他人は、配役のひとつだったのだから。


人間関係について、考え直したのは、スポーツ用品店を辞めた頃だった。

年末の源泉徴収を取りに行かなければ行けなくなったのだ。

私は悩んだ。

やめた人間が、どんな顔をして会いに行けばいいのだろう、と。

私の中では、消えかけの関係性。

これまでと同じように、情報を抹消しようとしていた。


必要性があったので、私は覚悟して行った。

辞めた職場に足を踏み入れるのは妙な感じだった。

以前は自分の領域だったのに、もう、そうではない。

デジャヴに似た感覚が襲ってきた。


入り口でもじもじしている私に声をかけてくれたのは、以前私が所属していた部署のリーダーだった。

辞めて数ヶ月。

それなのに、彼女は今も私が同僚であるように気さくに話しかけてくれた。

そして、店長を呼んできてくれた。

店長も同じように、昔のように、優しく接してくださった。

私はきょとんとなった。

もしかして、他人は私のように、昔の関係性を、なかったものにしていないのではないかという疑問が芽生えた。

そういうことがあり、私はスポーツ用品店での知り合いのデータを消去するのを、いったん保留にした。

そして、私は雑貨屋さんに就職することになった。

そこでまた、新しい知り合いができた。

期間は短かったが、小さい店で、みんなが頻繁に顔をあわせるので、密な人間関係を築くことができた。

そして、再び別れのときがやってきた。

私は、自分から、驚くべき行動に出た。

同僚に、たまにメールをしてもいいか聞いたのだ。

それは、これからも知り合いを続けていくということを意味していた。

なぜ、そうしたか。

それは、雑貨屋さんで働いている間に、疑問の答えを導き出したからだった。

雑貨屋さんでの同僚とは、よくおしゃべりをした。

私は、昔の知り合いとどういうふうに付き合っているか、それとなく聞いてみた。

答えは、私の想像通りだった。

「たまーに、メールしたりするぐらい」

私にとって重要だったのは、「ぐらい」という表現だった。


それぐらいでいいの？

相手のことをよーく覚えていなくても、関係が続いているって言っていいの？

やっぱり！

そういう感じだった。


その時点で、スポーツ用品店の元同僚たちは、立派な「知り合い」に格付けされた。

そういうわけで、今は昔の同僚たちと、街で再会したときにはちゃんと会話したり、連絡を取り合ったりしている。

ドラッグストアでも、夜のシフトから朝のシフトに移ったので、元同僚たちとメールアドレスを交換した。

今は、「ぐらい」という表現のおかげで、知り合いが山のような数になっても不安を感じない。

この話を読んで、そんな馬鹿なと思った人は少なくないだろう。

でも、私は「知っている」、「関係がある」の程度が分からなかったために、過去、関わりがあった人をほとんど消していた。

もしかしたら、あなたの周りにも、いきなり関係性を絶ってしまう人がいるかもしれない。

そして、中には、私と同じような理由で、やむなく、知らない人状態になってしまう人がいるかもしれない。

私はやっと、人間関係の意味を理解した気がする。

人生を好転させるために

知らない間に、私の人生は、いい方向にばかり進むようになった。

あんなに不遇だった二十数年間が嘘のようだ。

一体何がよかったのだろう。

私はどうやって人生を立て直したのだろう。

最近、そういうことを考えるようになった。

もしそれが分かれば、多くの人に伝えることができる。

昔の私と同じように、重い二次障害を抱えて苦しんでいる人が、一人でも多く社会進出を果たせたら、そんなにうれしいことはない。

そこで私は、過去の日記帳をひっくり返して、苦しかったあの日々に時間旅行に出かけた。


そんなことをしているうちに、四月も残すところあと一週間になった。

朝パートの仕事に移り、七日ほど経った。

新しい仕事を先輩に教えてもらい、思いのほかうまくこなせていたので、気分もよかった。

二十四日の晩は社員さんの歓送迎会があった。

人生二回目の飲み会だ。


私は行くか行くまいか迷っていたが、友達が背中を一押ししてくれたので、参加することにした。

やっぱり、職場の行事には参加したほうがいい。

普段会わない時間帯のパートさんとも仲良くなるチャンスだった。

それに今回は、吐くこともなかった！


時間を確認しながら、トイレに行くのも忘れなかった。

ついついおしゃべりに夢中になって、トイレに行くタイミングを逃し、具合が悪くなるということは昔からちょくちょく経験していた。

最近はそういう失敗があまりない。

何かに熱中しすぎて、ほかのことが見えなくなる習性が、矯正されてきたようだ。

適度に食べて、適度に飲んで。

おしゃべりも話し疲れないくらいに楽しむ。

ほどほど、というやつがうまくなってきたなと感じる。

深夜一時までわいわいと騒いだ翌日は、ちゃんと六時に起きて、八時に家を出た。


朝の少し冷たい風が心地よく頬の横を通り過ぎていった。

十分と少しの距離を歩いて通うようになって一ヶ月。

好きな音楽を聴きながら、昔からの癖で、大股で歩く。

店に到着するまでの間にしっかり目は覚めて、今日も頑張るぞと気合いが入る。


朝の仕事は、レジの他に、食品のセッティング、パンの検品作業に開店前の掃除などがある。

それらの三つを交代でまわしながら、店が開くまで汗を流す。

私は掃除が好きだから、開店準備の仕事が一番楽しい。

冷たい水をバケツに注ぎ、雑巾を絞るのが気持ちよい季節になった。


トイレみがきをしながら、ふと考えた。

昔はこれに顔をうずめて、吐き気と闘う毎日だったことを。

家からほとんど出ることができずに、ベッドとトイレの往復の日々だった。

そんな私が、いくつもの難関を乗り越え、今は職場のトイレ掃除をしている。

こんな私の姿を、誰が予想していただろう。


いや誰も。

……と言いたいけれど、実は、しつこく想像していた奴が一人だけいる。

それは、自分自身だ。


過去の日記帳には、ひたすら「負けるもんか」の文字が整列していた。

そして、未来の自分がどうなっているのか、事細かにしたためていた。

数年前の日記の半分は、未来日記だった。

体重を五十キロまで増やすとか、薬の量は半分まで減らすとか、そういうことも書いていた。


私は二次障害の塊だった。

引きこもって、何もできなかったときがあった。

焦りで不安発作を起こし、あるときはやせ衰えて、誰もが、死ぬのではないかと心配していた時期もあった。

いくら頑張っても自立できず、お手上げだった日々を過ごした。

就職は無理だとみんな思っていた。


それでも、あきらめたことだけは一度もない。

常に目標を持っていた。

どんなに小さくても、些細なことでも、目標を持つことがどんなに大事なことか、私は実証したのではないだろうか。

将来を思い描くことが大切だということは、神田橋先生もおっしゃっていた。

人生を好転させるためには、自分から動いていかなくてはいけない。

自分から、社会に寄り添っていかなければいけないのだ。


そのためには、恨み言ばかりの生活から離れたほうがいい。

自分の人生に起こっていることは、社会のせいではない。

運に見放されていたり、どんなに努力しても報われなかったり。

だけど、そういうことは、ままあることだ。

誰かのせいにしたい気持ちは分からなくもないが、それでは幸せから遠ざかる。

大切なのは、現実と向き合うことだ。

自分の身にふりかかってきたことは、たとえ自分のせいではなくても、乗り越えなくてはいけない。

これは、私がいつも心がけていることだ。
文句を言うのは簡単だ。
でも、そのあとどうするかが重要だと思う。

生きていれば、理不尽な出来事にぶつかることもある。
悔しい思いをしたり、残酷な仕打ちを受けたりするだろう。
障害を抱えていれば、なおさらそういう機会は多い。
しかし、考えようによっては、だからこそ、学ぶものも多いといえる。

乗り越えてきたものが多ければ多いほど、人生の厚みは増す。
それって、豊かなことではないだろうか?
私はずっと、強い人間になりたかった。
少なくとも十年前の自分よりは、目標に近づけた気がする。

人生は行動あるのみ。
それが、私が歩んできた道だ。
二次障害だらけの人生。
でも、私はそれらを乗り越えた。

どんなに安全な道を通ろうとしても、障害があるかぎり、何らかの二次障害を抱えるだろう。

それなら、二次障害をはねのける強さを身につけることが、明るい未来への近道になると思う。

あとがきにかえて

次世代の人たちへ

私が発達障害という診断を受け、八年の歳月が流れた。

以前と比べると、格段に情報がある今の世の中で、これから私たちは、ふたつの方向に別れていくだろう。

あくまで、できないことを受け入れてもらいたいと思う人。

一方で、私たちにも努力が必要で、自分の方から社会に寄り添っていく人。

どちらが正しいとは言えないが、私は後者を選んだ。

それは、これまでの人生の歩み方から導き出した答えだ。


出歩く先々で、私のように回復した人はめずらしいと言われた。

多くの事例を目にしてきているお医者様でさえ、稀なケースだとおっしゃった。

でも、私はそう思わない。

私のように回復する人は、いろんなところに存在していると思う。

確かに、重い二次障害を乗り越え、社会に出て行くのはたやすいことではない。

私も何度も挫折しそうになった。

でも、それらを越えたときに感じる気持ちよさは、一瞬で過去の辛い記憶を吹き飛ばしてくれるのだ。

その喜びを知っている人は、もっとたくさんいると思う。


自分が頑張ることで、過去を帳消しにできるのだ。

後ろを振り返って、目を背けたくなる出来事が多ければ多いほど、先の人生を歩んでいくのはしんどい。

その荷おろしが自分でできることを、もっとたくさんの人に知ってもらいたい。

そして、まっさらな未来を見て、希望をもって生きてほしい。


思い描く将来を手にするためには、それなりの努力が必要だ。

思い違いをしてはいけないのは、定型発達の人も日々、努力して生きているということ。

当たり前のようだが、実はそのことを知らない発達障害の人は多い。

この世に生きる誰もが、自分の理想を追い求めながら生き続けているのだ。

障害者か、そうでないかは、実はあまり関係ないと思う。

そういう考えを持った人が家族の中にいたら。

恋人がそういう考えを持っていたら。

職場の仲間に、それを教えてくれる人がいたら。

自分が持って生まれた世界よりも、もっと広い世界が近づいてくるだろう。


その人がどんな道を選ぶかは、関わる人によっても違ってくる。

もしかしたら、家族のせいで、努力できない環境に身を置かざるをえない人もいるかもしれない。

一生にわたる選択を誤る可能性だってある。

だから、よく考えてほしい。

何事にも挑むというういっときの厳しさが、その人の人生にどんな影響を与えるのかを。


その時には、むごいことをさせているように見えるのかもしれない。

でも、その実、挑むことをさせない方が、残酷なことだと思う。

だって、それは、生き延びていくための手段を得るチャンスを、奪っているのと同じだからだ。


どんな人だって、手探りで生きる術を身につけていく。

発達障害の私たちは、なかなか自然に身につけていくことができない。

そんな私たちが、あえて挑むことで学ぶという手段を奪われたら、どうやって生きる術を獲得したらいいのだろうか。


生きていく知識が豊富であればあるほど、豊かな生活を送ることができる。

たくさんの幸せを手にすることができる。

私は一番最初の著作で、こう綴った。

「私は私の人生を、精一杯幸せに生きる。幸せになること。それは、今までで一番大きくて、素晴らしい夢」

八年経ち、それは現実のものになった。

夢を勝ち取れたのは、私が、自分から社会に寄り添う生き方を選んだからだ。


私が選んだ生き方と、もうひとつの生き方。

どちらを選ぶかは、人それぞれだ。

でも、やっぱり慎重に考えてほしい。

努力なく、障害に抱え込まれて生きていく人生に、多分出口はない。

ただ同じところをグルグルと、同じ景色を見ながら、ひたすらまわり続ける人生は、安全だけれども、何の喜びもなく、つまらない人生だろう。

それでもかまわないという人は、絶対にいる。

それもいいだろう。

一向に構わない。

でも、自分が選んだ人生だ。

出口を求めて、違う生き方を選んだ人をうらやんだり、蹴落とそうとするのはやめてほしい。


そして、果敢に挑戦しようという気持ちになっている人には、心からエールを送りたい。

私たちの脳の発達の可能性は、無限大だ。

自分を信じ、「できる」という呪文をかけながら、何事にもチャレンジしていこう。

少しずつかもしれないが、人生は動き出す。

そして、遠い未来、思いもよらない方向をむいて、誰かを導いているかもしれない。


一人ひとりが、与えられた人生を精一杯生きることは、将来、発達障害をとりまく環境を変えると思う。

本を書いたり、講演をしたりするだけが、世の中のためになることではない。

例えば、発達障害を抱えていて就労した人が、その人のベストを尽くして働いていれば、周囲の人々の、「発達障害」に対するイメージはよい方向に変わるだろう。

そうやって、私たちが、困難を抱えていても頑張れることを知らしめていけば、何よりの貢献になるだろう。

社会を変える力は、すべての人の中に備わっているものだ。

私はそう信じている。

［主治医インタビュー］肥前精神医療センター 瀬口康昌 医師

『人間化が進んでいる、とご本人はうれしそうです（笑）』

●聞き手 浅見淳子

最初に病院に来たときのこと

浅見 瀬口先生、こんにちは。藤家寛子さんからはかねがねお話を伺っておりました。長年別々の方角から、藤家さんのつらかった時期も、そのあとの目覚ましい回復も見守ってきた先生と私ですが、今回のように改めてお話を聞かせていただくのは今日が初めてです。どうぞよろしくお願いいたします。

瀬口 よろしくお願いいたします。

浅見 早速本題に入りたいのですが、そもそも藤家さんが先生の勤務なさる病院に最初に訪れたのはいつですか？

瀬口 平成十年のことです。藤家さんは、大学一年生でした。四月に大学生として単身生活を始め、六月に当院にこられました。

浅見 大学はその後、中退することになるのですが、入学して早くも二ヶ月で不調を感じたということですね。主訴はどういうものだったのですか？

瀬口 藤家さんにとっての一番の問題は、人の中に入れない、人の中で過ごせない、というものでした。

浅見 そうなんですか。

瀬口 実際には様々な身体症状があったんですが、藤家さんが一番強調していたのは、人の中に入れない、過ごせない、ということでした。

浅見　先生からごらんになって、病状は重かったですか？

瀬口　藤家さんは、浅見さんもご存知のように、かなりガードする力がある方なので、崩れそうな状況というのを表に出さないようにしていましたね。でもそのときには不安や抑うつ状態が長引いた状況だととらえて治療を開始しました。

浅見　私は直接お話を伺っている部分があるんですけれども、家族の中のトラブルということは先生のところに来られたときにはありましたか？

瀬口　最初に来られたころは、家族の中の話は自分からはされませんでした。

浅見　そのうちだんだん出てきたと言う感じですか？

瀬口　そうですね。経過の中で色々なことが明らかになってきたという感じです。

浅見　そうですか。その後、大学は中退されましたが、そのころはやはり病状が重かったのでしょうか？

瀬口　単身生活を維持するのは難しい状態でしたね。だから、いったんおうちに帰ったほうがいいんじゃないかという状態で。

浅見　それでもそのときには、おうちに帰っても劇的に回復した状態ではなかったですよね。藤家さんに聞いたところによると。

瀬口　そうですね。やはり身体症状がくすぶっているような状態が続いていましたね。めまいがあるとか、頭がぐらぐらするとか、過呼吸だとか、吐き気だとか。

浅見　それは精神から来るものなのでしょうか？

瀬口　一般的には「身体表現性障害」という診断名もあ

りますが、持続的な緊張状態にあるとか、なんらかの精神的な要因がたとえば自律神経の失調とかを引き起こすことがあるとされています。最初のころ私は、彼女の身体症状は主に精神的な問題により生じているものととらえていました。

解離性障害に気づいたこと

浅見 私はよく彼女に「私が生まれてから会った中で一番心身弱かった人」っていうんです。みんな冗談だと思って笑うんですけど本当にそういう印象だったんです。ただ私が会ったときにはすでに二十四歳で、アスペルガーの診断がついたあとに本を書いてくれてそれで知り合ったんですね。東京に会いにきてくれて。そして、解離性障害について先生が気づかれたのは診断の前だったのでしょうか？

瀬口 アスペルガーと診断する前ですね。

浅見 解離性障害には、お医者様はどういう風に気づかれるものなのですか？ 素人考えでは、なかなか気づきにくいもののように思うのですが。

瀬口 一番最初は、彼女のほうから自分の中に別人格がいるんだと教えてくれましたね。

浅見 そうだったんですか。じゃあ意識的に別人格を作っているという自覚はあったんですね。

瀬口 そうですね。一般的な解離性の交代人格は、たとえば怒りのレベルがある一定の限度を越えたときに、パッとスイッチが切り替わるようにして、怒りを分担する人格が現れてきたりします。けれども藤家さんの場合には――そこが彼女のアスペルガーらしさと私がとらえたところのひとつなんですけど――、自分で「こうありたい」という理想像を持っていて、あたかも小説を作り上げるように、その人格を作り上げて演じることで苦しみを回避したり、バランスを保っていることが、話していくうちにわかってきました。そしてそういう経過の中で交代人格がどんどん大きくなっていました。ですから解離性同一性障害としては、典型的ではないと考えています。

浅見　私が最初にお会いしたときには「いい子ちゃんキャラ」だなと思った覚えがあります。それのすごく進んだ感じだったんでしょうか？

瀬口　ものすごくパワフルで、ゴーイングマイウェイを極めたような、意志が強くてくじけないパワフルなキャラクターという設定を彼女は作っていたようです。何があってもクールに対応できるスーパーウーマンみたいな人を作りあげていたようです。

浅見　ああああああ、そうですか。なんか……。

瀬口　ただそういうパワフルなキャラクターが診察場面で出るようになったのはかなり進んでからなんです。診察が進むにつれて安心して出てくるようになったんですね。実際に彼女自身、というか交代人格がそう語っていました。

浅見　はああ。そうなんですか。先生の前で、突然出てきたんですか？

瀬口　そうですそうです。まあそのあたりも典型的ではないんですね。

浅見　そうなんですか。
そして、その交代人格も見て先生はアスペルガーの疑いをもたれたんですか？

瀬口　そうですね。その交代人格の発展の仕方であるとか、あとその交代人格とお母さんと私で話したことも何回かあったんですけど、そのときお母さんが生活を振り返って、これからは家族同士できちんとやっていきたいという話をしたら、そこで突然意識を失って、そのパワフルな交代人格がすっと消えて、数分後にもとのおりこうさんの藤家さんに戻っているということが何回かあったんですよ。そういう場面でもみんなが話していることが腑に落ちると落ち着くというか。

浅見　腑に落ちると落ち着くんですか。

瀬口　話していることを頭で「ああそうなんだな」と理

解すると、情緒で理解すると言うより頭で筋書きを理解すると落ち着くな、という印象がありました。

浅見　すごくわかります。彼女そのものですね。

瀬口　そのあたりのパターンですね。そういうことが積み重なっていって、アスペルガーの可能性を考えていったわけですね。

アスペルガーではないかと考えた経過

浅見　藤家さんがアスペルガーと診断されたのは、一般人の私たちにはアスペルガーというものが知られはじめたころですが、先生は症例をたくさん見ていらっしゃったのですか?

瀬口　それほどたくさんは見ていませんでしたが、服巻智子先生などと情報交換させていただいていたので、高機能の方、特性が目立ちにくい方もいるということは意識していました。

浅見　それで、ではアスペルガーかどうか検査してみましょうということになったのですね?

瀬口　それだけではなく、色々なことが積み重なって、アスペルガーを含む自閉症スペクトラムの疑いを持つようになったのですけれども。

私自身が元々、行動療法的な考えで治療してきたところがあるんですね。問題とされていることの前後の状況を含めて分析するやり方をしていました。刺激と反応というふうに機能的に分析してパターンとしてとらえていました。そしてそれを患者さんと共有して、自分なりのセルフコントロールができるようになるのをサポートする、と、そういうやり方を取っていました。そして藤家さんはまさにそういうことを自分でどんどんどんどんできる人なんですね。

浅見　たしかに。

瀬口　そして自分なりにマニュアル化することがすごく上手ですね。

浅見　そうですね。本当に。その辺すごく上手ですよね。

瀬口　そうやって自分なりの対処法とかマニュアルをどんどん作る一方で、今ここで何をやるべきかというのがはっきりしているほうが過ごしやすいみたいでしたし、裏返すとたんにぼーっとしていることは苦痛なんだということを話していました。

浅見　そのころからそういうキャラだったんですね、というかキャラじゃないですねそこは。

瀬口　特性の部分ですから、そこは変わらないですね。それもアスペルガーかな、と思ったきっかけです。

浅見　そうですね。本当に。

瀬口　あと人の名前とか顔を覚えるのが苦手だとは言っていましたね。

そして、家族との関係を構築していく途中で、考えとか思いを言葉に出してもらわないと自分にはわかりにくいんだということも自分から言っていましたね。

浅見　はあ。よくつかんでましたね自分で。

瀬口　そうなんですよ。

そのあたり彼女はすごく的確につかんでいます。モニターが下手なところもあるんだけど、つかめているところは的確につかんでいます。

浅見　本当ですね。

瀬口　総じて、色々な事柄の要点や全体像を直感的につかむというよりは、目に見える手がかりとか、輪郭がはっきりしているものを頼りにしてひとつひとつとらえてきたのかな、そういう認識の仕方をしているのかな、という気がしましたね。

浅見　なるほど。そうやって苦労してつかんできたんだと思うんですけど、やはりそのやり方ではものすごく疲れると思います。

瀬口　そうですね。

浅見　あと、ずれますよね。私が会ったときは二十四歳だったんですけど、やはりそのころ相当ずれていたんですよ。それで、これは苦しいだろうな、ともものすごく感じたんですね。そしてそのずれが解消しない限りは、不安とか抑うつとかそこから出てくる身体症状が解消しないんだろうなという気がしていました。そしてそこで支援団体につながって、そのずれを解消していったのがとても大きかったなと思いました。

瀬口　そのあたりのサポートは医療機関以外とのつながりも必要だという認識はこちらもありました。

アスペルガーと診断する

浅見　そうやって色々な手がかりを先生が発見され、アスペルガーかどうか診断しましょうということに至ったわけですが、検査としては何を行ったのでしょうか？

瀬口　当時はＷＡＩＳ—Ｒを使っていましたのでそれは行いました。その他にはＭＭＰＩという人格の色々な傾向を診るテスト、絵を描いてその方の内面を探る描画テスト、ロールシャッハテスト、などを行いました。

浅見　それでどういう特徴がありましたか？

瀬口　知的水準は正常の範囲内でした。

浅見　ものすごく高いわけではないんですね？

瀬口　ものすごく高いわけではないです。ただこのときにはパフォーマンスが落ちていた可能性もありますが。

浅見　いや、そういうものなのかな、と思ったのです。これは私の素人観察に過ぎないのですが、社会適応のいい高機能の方って必ずしも天才的なＩＱではないな、という実感があるので。

瀬口　ＩＱは全体的にならされてしまうので、とても得意なところがあっても、不得意なところが凹んでいれば、全体の数字は落ちます。藤家さんの場合も、得意不得意にはかなりばらつきがありました。言語性が高く、動作性が低く、かなり差がありました。それまでも行動観察をしていましたが、受けている印象とずれがありませんでした。

なぜ立ち直れたか

浅見　そこで診断がついたことで、彼女のマニュアル上手の本領が発揮されて、それが本になったり、自己理解や対処法につながったり、いいことがたくさんあったんですけれども、一方で社会に出たことでストレスも感じたり、どーんと落ちた時期もあって、ということを今度彼女は本に書いてくれました。先生は藤家さんがなぜこれほど見事に立ち直ったとお考えになりますか？

瀬口　元々、不器用さをカバーする力が高かったというのはあると思います。あとまあロールシャッハの所見を見ても、気分が動揺すると知的機能が容易に混乱する傾向が見られます

浅見　なるほど。

瀬口　だから土台の部分の安定が、情報処理の不器用さを底上げしたというか、逆に言うと情動的な不安定さが情報処理をより不器用にしていたんじゃないかと思います。あと昔は周囲の人への猜疑心や外界からの圧迫感を感じて、つねに緊張して過ごしていましたよね。

浅見　ありましたね。そういう時期。

瀬口　つねに警戒モードみたいな感じで過ごしていましたね。そうすると元々抱えていた情報の統合の不器用さがよけい強調されたかたちで現れていたのかな、とは想像しますけど。

浅見　そうですね。あの怖がりはどこ行ったんでしょう？

瀬口　そうなんですよね。彼女の劇的な変化の一つの鍵になっていますね、そこが。

浅見　そうですね。支援団体にお世話になるまでは、セルフエスティームが高かったり低かったりしていました。

正直ときには高慢ちきな発言もあったんです。でもそれがぴたりと止まったんですよ。一回本人にきいてみたことあるんですけど、なんか納得したみたいですね。それがやはり支援が入ったあとなので、何か起きたんだろうなあと。

瀬口　セルフエスティームがほどほどになったんですね。やはり以前は、現実的な生活感が希薄だったと思います。

浅見　そうですよね。

瀬口　地道な家事の練習とか、現実的な生活の練習を積み重ねていく中で、現実的な実感みたいなものが湧いてきたんでしょう。体感のレベルで積みあがっていったというのはあると思います。

浅見　ああ、それはあると思います。何か世界観のぬりかわりがあったんだろうなと思うんです。

瀬口　そのあたりのぬりかわりが頭だけで整理して起こったものじゃないような気がしますね。

行動して体験を通して、体感のレベルでいろいろなものを感じとって、それが合わさって起こった変化なのかな、という気がします。

浅見　そうですね。それは私も実感します。

生活の積み重ね

瀬口　やっぱり彼らへの支援では、特性に伴う様々な不器用さに配慮した上で、普通に暮らしていくことに必要な生活体験とか、必要なことを地道に丁寧に積みあげていくということがすごく大事なのかな、と思いました。

浅見　なるほど。

強い意志を育むのは誰？

浅見　あと先生が、事前にメールに書いてくださっていたことですが、藤家さんがここまで回復する根幹に強い意志があったとおっしゃっていたと思います。藤家さんは本の中でも未来に希望を持ち続けたということを言っていて、でもそれがない人とある人がいますよね。同じ診断名でも。

瀬口　そうですね。

浅見　それは、あの、誰が育むものなんでしょう？　って言ったら変だけど。

瀬口　浅見さんの著書『自閉っ子と未来への希望』で北海道の大地君についてのところを読みました。大地君は本から偉人に関する情報を吸収したりしていますね。そして前向きに、修行することをポジティブにとらえていますね。藤家さんも愛読してどっぷりはまりこんでいた『赤毛のアン』の世界であるとか、小説に支えられていた部分がある人だと思います。

浅見　そうですね。ニキさんも本に多くを教えてもらった人です。

瀬口　そういう世界に支えられてきた部分が大きいのかなと思います。

浅見　ビルドゥングスロマンみたいなものは親和性があったかもしれませんね。主人公が苦労しながらも幸せをつかんでいく、みたいな。

瀬口　そういうストーリーをずっと持っていたんじゃないかなと思います。どういう本やどういうジャンルに興味を持つかというところにもその人の要因が関係してくるんだと思うんですが。

浅見　藤家さんはやはりそういう頑張っていく系統の話はもともとても好きな人だと思います。あの強い意志がどこから来たのかな、というのと、持てない人との違いはどこにあるのかな、ということをよく考えるんです。それがあったからよくなったと私には思えてしまうので。

家庭環境とかも一因でしょうかね。これを言うと反発する方もいらっしゃるかもしれませんが、親御さんがネガティブな人生観を持っていらっしゃるときついと思います。

瀬口　藤家さんの幼少期のご家族の様子は見ていません

が、私がかかわるようになってからの藤家家の方々って、そういう意味で清く正しい方々ですね。

浅見　ああ、そうですね。清く正しい。さすが先生、ぴったりの表現です。

先日彼女はこう言っていました。引きこもっていた時期に、ご両親は絶対に叱らなかったけど絶対に肯定しなかった、と。彼女の引きこもりを強く叱責したりとかそういうことはなくて、引きこもっててごめんねというと一番情けないのはあなたでしょ、と言われたと言っていました。だから叱らない。でも引きこもってていいんだよ、というのは一度も言われなかったと言っていました。

瀬口　そのあたりは本当にバランスが取れていたんですね。

浅見　そうなんです。

藤家さんは、まだ自閉症ですか？

浅見　あの、妙な質問をさせていただきます。私は私で答えを持っているんですけど、先生のお考えを聞きたいです。ずばり、藤家さんはまだ自閉症でしょうか

瀬口　ははは。たしかに情緒が不安定になると、情報の統合の不器用さが強調されたかたちで出てきますね。

浅見　ああ、そういう風に理解できますね。

瀬口　そういう弱さは変わらず持っていると思います。

浅見　私は、まだばりばりに自閉症だと思っています。

瀬口　私も、自閉症のユニークな情報処理が、劇的に変わったなどとは考えていません。

浅見　はしばしでやっぱり「あ、まだ真に受けてるな」とか「あ、まだワーキングメモリリミットあるなあ」と思って見ています。でもあれくらい健やかになったら別に自閉症で全然構わないわけで。そうとらえてます。

瀬口　彼女は自分が勘違いしやすいとか、思い込むこと

があるとか、きちんと自覚していますし、だから他の方の意見とかきちんと受け入れることができていますよね。

浅見　そうですね。ニキさんは、自分の想像力にはモンダイがあるというのを自覚しているので、自分の想像は当てにならないというのを自分に言い聞かせているらしいんです。そして藤家さんが、ニキさんから学んだ最大の教訓は自分の想像は当てにならないということだと言っているんです。それを覚えてから勝手に不安を覚えるようなときもこれは自分の想像違いかもと思えるようになったらしいです。そうすると、怖いものは減りますね。それもよかったのかもしれない。ああ、ＡＳＤの人同士でそういうこと学ぶのか、と思ったんですけど。

瀬口　すごく大きなことですね。それも当事者のニキさんから教わるのと、当事者じゃない人から言われるのとでは、伝わりかたが違うような気がします。藤家さんには本当にいい出会いがあって、ここにたどりついているのかなという気がします。

浅見　そうですね。それと積極性が身を助けてきましたね。妙なところで積極的に動いて、自分で人脈築いてきたなあという気がします。

瀬口　そして行動を起こすタイミングが、案外いいんですよね。

浅見　そうそう、そうです。

瀬口　そのへんが嗅覚なのか、よくわからないんですが。

浅見　嗅覚強いと思いますね。それは私、わかります。わりと共通して持っているものなので。

瀬口　それも経過をよくしているんだろうなと思います。

浅見　たぶんそれも脳みその特性なんだろうなあとは思っています。本能的な直感が結構強い人だと思います。

そうやって情報処理の不具合や重い身体症状を抱えながら、健やかになってきた藤家さんですが、会ったときも今も、私は自閉症のままだと思っています。

瀬口　そのとおりです。

人間化が進んでいる！

浅見　だから自閉症のまま健やかになれることを、藤家さんは証明してくれたと思います。それでも人一倍コンディションの維持に気をつけていかなければならないのはこれからも同様だと思っていますけれども。
　そう言えば昨日藤家さんと電話で話したとき、私彼女に「最近訛ってるね」って言ったんですよ。

瀬口　（笑）言葉がですか？

浅見　以前は関東の人間以上に標準語らしい標準語使っていたんですけど、最近電話かかってくると訛っていて、これ、佐賀の言葉なのかな、と思うことが増えてきて。

瀬口　いい意味で緩んできているのかもしれませんね。

浅見　はい。そして「ああ、本当に人の間で暮らしているんだな、本物の人間として」って思いました。ちょっとおかしくなったりうれしくなったりしました。

瀬口　たしかに彼女が時々うれしそうに報告してくれるんですよ。「人間化が進んでる」って。

浅見　わはははは。本当にそういう感じです。一人の人間として地元で幸せに暮らしているんだなあ、と思ったんですけど、本人もそう思っているのならよかったです。

瀬口　思っているみたいですよ。

浅見　うれしいですね、本当に。
　先生、本日はありがとうございました。これからも藤家さんを支える大事なお一人でいらしてください。
　藤家さんがこの本に書いてくれた体験が、新たなビルドゥングスロマンとなって、他の誰かを勇気付けられるようになるのを、どうぞ見守ってください。

著者紹介

藤家寛子（ふじいえ・ひろこ）

佐賀県出身。現在、作家兼販売員。

幼い頃から様々な身体精神症状に苦しみ、二十代前半でアスペルガー症候群と診断される。自分なりの工夫と強い意志、そして適切な支援で立ち直る過程を『自閉っ子は早期診断がお好き』『自閉っ子的心身安定生活！』にまとめる。ニキ・リンコとの共著『自閉っ子、こういう風にできてます！』ではユニークな身体感覚と世界観について語り、書き下ろし童話『あの扉のむこうへ』では幼い自閉の少女の内面を鮮明に描いた。本書は、引きこもり生活からステップバイステップの工夫を重ね、社会に出る過程を描いた記録。

現在も佐賀県在住。

30歳《さい》からの社会人《しゃかいじん》デビュー
アスペルガーの私《わたし》、青春《せいしゅん》のトンネルを抜《ぬ》けてつかんだ未来《みらい》

2012年9月25日　第一刷発行

著者：　藤家寛子

装画：　小暮満寿雄
デザイン：　土屋 光
発行人：　浅見淳子
発行所：　株式会社 花風社
〒106-0044 東京都港区東麻布3-7-1-2F
Tel：03-6230-2808　Fax：03-6230-2858
Email：mail@kafusha.com　URL：http://www.kafusha.com

印刷・製本：新灯印刷株式会社

ISBN978-4-907725-86-0